山东文化体验廊道故事丛书·上编

圣地儒学
历史文化故事

SHENGDI RUXUE LISHI
WENHUA GUSHI

总编纂　王志民
主　编　宋立林

山东文艺出版社

图书在版编目（CIP）数据

圣地儒学历史文化故事 / 宋立林主编 . — 济南：山东文艺出版社，2023.9

（山东文化体验廊道故事丛书）

ISBN 978-7-5329-6905-0

Ⅰ. ①圣… Ⅱ. ①宋… Ⅲ. ①历史故事—作品集—中国 Ⅳ. ①I247.8

中国国家版本馆CIP数据核字（2023）第103129号

圣地儒学历史文化故事

SHENGDI RUXUE LISHI WENHUA GUSHI

总编纂 王志民 **主编** 宋立林

主管单位	山东出版传媒股份有限公司
出版发行	山东文艺出版社
社　　址	山东省济南市英雄山路189号
邮　　编	250002
网　　址	www.sdwypress.com

读者服务	0531-82098776（总编室）
	0531-82098775（市场营销部）
电子邮箱	sdwy@sdpress.com.cn

印　　刷	山东临沂新华印刷物流集团有限责任公司
开　　本	880 毫米 × 1230 毫米　1/32
印　　张	7
字　　数	150千
版　　次	2023 年 9 月第 1 版
印　　次	2023 年 9 月第 1 次印刷
书　　号	ISBN 978-7-5329-6905-0
定　　价	59.00元

前　言

　　党的二十大报告明确提出："坚守中华文化立场，提炼展示中华文明的精神标识和文化精髓，加快构建中国话语和中国叙事体系，讲好中国故事、传播好中国声音，展现可信、可爱、可敬的中国形象。"习近平总书记在文化传承发展座谈会上深刻指出，要在新起点上继续推动文化繁荣、建设文化强国、建设中华民族现代文明。编纂出版《山东文化体验廊道故事丛书》（以下简称《丛书》）是深入学习贯彻党的二十大精神和习近平总书记重要指示精神，贯彻落实山东省委、省政府关于打造文化"两创"新标杆部署要求的重要举措，是立足山东文化资源优势，以沿黄河、沿大运河、沿齐长城、沿黄渤海和沿胶济铁路等文化体验廊道为轴线，以各市文化体验廊道建设为着力点，撷取历史文化精华的大型普及性学术工程，是在新的历史起点上讲好山东故事、坚定文化自信、推动文化繁荣、促进文旅结合的重点文化项目。

　　山东，古称"齐鲁之邦"，是中华文明最重要的发源地之一。奔流的黄河由山东入海，齐鲁大地是黄河文明的核心区域之一。巍峨屹立的泰山，自古以来就是历代帝王封禅之地，是中国东方上层文化的活动中心，1987 年被联合国教科文组织列为中国第一个世界文化、自然双重遗产。黄渤海环绕的山东半岛是全国最大的半岛，漫长海岸线形成了丰厚的海洋文化资源，一直是中国北方海上丝绸之路的重要门户。山东又是伟大思想家、教育家孔子和孟子的故乡，是儒家文化的发源地，是中国人乃至全球华人、华裔心中的"圣地"。在被称为中华文明"轴心时代"的春秋战国时期，齐鲁是中华文明的"重心"所在：诸子百家，多出齐鲁；儒墨显学，独领风骚。齐国故都临淄，是当时最大的工商业都城，被国际足联命名为"足球起源地"；这里诞生了中国历史上最早的大学堂——稷下学宫，是诸子百家争鸣的学术文化中心；齐长城西起济水，东到大海，蜿蜒于泰沂山脉，全长一千余里，是现存最早的有准确遗迹可考、保存状况较好的古代长城；被列为世界文化遗产名录的京杭大运河，纵贯山东南北，极大影响了元明清以来山东地区的经济文化发展，鲁西沿岸城市带的崛起，成为中国南北文化交流融合的运河明珠，见证了山东地区社会文化的隆替嬗变。近代以来，随着烟台、青岛等沿海城市的崛起和胶济铁路的修筑，山东成为中西文化交流、冲突、碰撞、融合的核心地区之一，收回青岛主权成为"五四"爱国运动的导火索。革命战争年代，山东党政军民用生命和鲜血凝聚而成的"党群同心、军民情深、水乳交融、生死与共"的"沂蒙精神"，是齐鲁优秀文化、伟大建党精神与中国共产党领导的人民革命英雄主义精神的集中体现，是对山东境内沂蒙、胶东、渤海、鲁西（冀鲁豫边区）

等抗日革命根据地红色文化、革命精神的集中凝练和概括，与延安精神、井冈山精神、西柏坡精神等一起成为中国共产党人精神谱系的重要组成部分。齐鲁文化在中华文明发展中的特殊地位，山东地区源远流长、丰富厚重的文化资源，坚定文化自信和自觉的历史责任担当是我们举全省之力编纂《丛书》的内在动力。

《丛书》以国家文化公园建设为引领，以落实文化"两创"、推动"两个结合"为宗旨，以推动全省及各市文化建设为目标，是具有权威性、故事性、可读性、趣味性的历史故事集成，是一套可携带、可利用、可转化的文化读本。《丛书》分为上、下两编，上编16本，围绕"四廊一线"文化体验廊道、八大文化传承发展片区展开。"四廊一线"构筑的沿黄河、沿大运河、沿齐长城、沿黄渤海、沿胶济铁路的文化交通线纵横交错，相互联系又各具特色，其特点是以脍炙人口的故事形式联通"四廊一线"的人物事迹、重点景区、遗址遗迹等，厚植文化体验廊道的思想内涵和文化底蕴。八大文化传承发展片区，既涵盖了沂蒙、渤海、鲁西、胶东四大红色文化片区，又吸收了泰山文化、儒学文化、齐文化作为重要支撑，演奏出山东历史文化、革命文化、社会主义先进文化的时代交响。下编16本，紧紧围绕各地市优势和特色展开，主要记述本地区历史故事、文化遗址与人文景观、非物质文化遗产等内容，是推动文化廊道落地、推进片区文化建设、增强文化认同、深化文旅体验的重要载体。

《丛书》由山东省委常委、宣传部部长白玉刚统筹谋划和指导，省委宣传部专门组建学术编纂委员会负责具体实施，省直各有关部门和各市委宣传部给予大力支持配合，省内相关高校、研究机构和各市有关单位共100余位专家学者积极参与，历经酝酿策划、启动实施、提纲设计、样稿研讨、通稿审稿、编辑出版等六个阶段。2022年以来，省委、省政府先后印发《关于打造中华优秀传统文化"两创"新标杆行动计划（2022—2025年）》《关于建设文化体验廊道推动文旅融合高质量发展的实施计划（2023—2025年）》，全方位挖掘展现山东人文沃土可以深度耕作的比较优势，为《丛书》编纂做好了思想、学术和组织准备。具体编纂过程中，省委宣传部专门印发《关于做好〈丛书〉编纂工作的指导意见》，统一思想认识，作出全面部署。编委会以线上线下形式，多次召开全体会议和分组专题会议，狠抓三个重要工作节点：**一是审定编撰提纲。**通过反复研讨、交流、修改、会审等形式逐一审定编写提纲，最大程度保证全书质量。**二是树立样稿典型。**集中力量撰写、反复研讨修改，确定分类样稿，做好典型导引。**三是全力做好通稿统审。**采用主编初审、各卷主编交流互审、学术专家主审、首席专家终审等层层把关、集中审查、反复修改的方式提高稿件质量。

回顾《丛书》编纂工作，始终注意把握好以下四个方面：**一是坚定文化自信。**通过挖掘历史资料、开发历史资源、恢复历史场景等形式，获取文化营养，坚定文化自信。**二是助推文化自觉。**通过传承弘扬优秀传统文化、红色文化、社会主义先进文化，深入挖掘历史先贤和革命先烈的伟大事迹，推动文化自觉，与培育践行社会主义核心价值观有机结合。**三是落实文**

化"两创"。精选真实历史故事，注重挖掘故事背后的文化内涵，推动齐鲁优秀传统文化在新时代创造性转化和创新性发展，推进文化自信自强。**四是服务文旅融合。**借助故事、景观、遗址、非遗讲解词、短视频等融媒体形式，让广大读者在区域文化旅游、廊道文化体验中感受中华文化的博大精深，增强民族自豪感和自信心。

在内容撰写上注重四个结合：**一是与廊道体验相结合。**突出廊道建设概念，以故事为纬线，以时代发展为轴线，通过富有魅力的故事讲述，展示历史人物、景观、史实，引领读者体验传统文化的恢宏气势和博大精深。**二是与景观建设相结合。**以真实动人的故事为景观建设提供重要的历史资源和文化依据，通过一个个精品景观建设展示历史故事的丰富内涵和当代价值。**三是与文物保护相结合。**通过讲述历史故事，让广大读者进一步了解相关文物、遗址的历史文化价值，提升文物保护意识，推动群众性文物保护工作再上新台阶。**四是与媒体利用相结合。**立足于故事转化，使故事成为各类媒体传播的重要基础、蓝本和素材，成为廊道文化、片区文化讲解、传播的重要学术依据和资料来源。

《丛书》的编纂出版，是普及、传播优秀传统文化，推动文化"两创"的新尝试。衷心希望广大读者通过阅读本书，吸收丰富文化营养，多提宝贵修改意见。

编者

2023 年 8 月

导　语

　　山东是儒学的发祥地。1919年巴黎和会上，针对日本要无条件接管德国在山东的一切特权的无理要求，1月28日，顾维钧代表中国政府发言时，慷慨陈词："山东省是中华文明的摇篮，孔子和孟子的诞生地，对中国人而言，这是一块圣地。全中国人的目光都聚焦于山东省，该省在中国的发展中总是起着重要的作用。"反映了作为孔孟故里的山东对于中国文化不可替代的重要象征意义。

　　儒学产生于曲阜及周边区域这一片文化的沃土。在儒学史上，被国家承认的儒家圣人只有六位。第一位，至圣孔子。曲阜是孔子故里。第二位，孔子之前的元圣周公。曲阜作为鲁国的都城，至今还保存有周公庙。第三位是复圣颜子，在曲阜的衍圣公府旁边就有复圣庙。第四位是宗圣曾子，宗圣庙在嘉祥。第五位是孔子的孙子述圣子思子，显然也是曲阜人。第六位是亚圣孟子，邹城是孟子故里。这片区域，就是人们所称颂的"圣地"。我们的"圣地儒学故事"就聚焦于这片区域。

　　这一片土地，之所以能够孕育出孔子、儒学，成为后世

1

仰望的圣地，并非没有缘由的。可以说，鲁国文化正是儒学的文化母体。众所周知，周代文明是礼乐文明，鲁国是周公的封国，而周公正是"制礼作乐"的主角，所以鲁国自然与礼乐有着不解之缘。不过由于周公需要在朝廷辅佐周武王，所以实际上真正的鲁国始封之君是周公的长子伯禽。即便如此，由于周公之故，鲁国在分封之时就获得了许多其他诸侯国所没有的待遇，尤其是周天子"命鲁公世世祀周公以天子之礼乐"。因此在礼乐文明方面具有了独一无二的优势。初封时鲁国的版图方圆七百里，战车千辆，在当时是绝对的大国。由于鲁是周王室所分封的同姓诸侯，按照分封制度，在地位上高于其他异姓诸侯国。而在同姓诸侯中，鲁国的地位又高于其他诸侯国。《国语·鲁语上》就有"鲁之班长"的记载，可见其崇高地位。直至春秋初期，鲁国还保持着"望国"身份，备受其他诸侯国尊重。在周代所封诸侯国中，鲁国是姬姓的宗邦，更是诸侯的望国。所以，著名历史学家钱穆先生认为，鲁乃周王室在东方分封的列国中最亲也是最主要的国家。尤其是随着春秋时代，礼坏乐崩，鲁国的文化优势进一步凸显。

在鲁国的历史文化中，最能代表鲁文化精神的恰恰是春秋时代涌现出来的一大批贤能士大夫。诸如臧文仲、柳下惠等，都多次被孔子称誉，女贵族敬姜也是孔子赞美的对象。这些人物及其事迹，被记载在《左传》《国语》等文献中，成为春秋时代"贤人气象"的典型代表，也成为孕育儒家圣贤人格的宝贵资源。正是这些贤人的故事，承载着无穷的文化能量，积淀积累，为后来的孔子创立儒学奠定了深厚的文化土壤。

孔子就在这样的文化沃土中诞生了。他自己奋发图强，希望能够学有所成，有匡于世道。随着他学有所成，三十而立，孔子开始办私学，设坛讲学。在漫长的教学生涯中，数以千计的青年从四面八方汇集于鲁国。在听孔子传授经典的过程中，也不断向孔子请教孝、仁、礼、为政等等内容。正是在这样一种师生的交流互动、思想碰撞中，儒学产生了！

儒学作为影响中国、东亚乃至世界的重要思想文化体系，绵延数千年之久。春秋之季年，孔子创立儒学，实为中华文化史上最重要之"一大事因缘"。而孔子亦成为中华文化史上"承上启下，继往开来"之"中心人物"。由孔子上溯数千年，唐虞三代之文明创制，尤其是周公制礼作乐以来之文明，其荦荦大端已为夫子囊括，寓作于述，述而不作，删定六经，足以垂宪万世；由孔子下瞰数千年，汉唐宋明之文明发展，无论政教，其主旨精神庶几出乎孔子。古人说："天不生仲尼，万古如长夜。"孔子创立的儒学，为人类点亮了理性之光、文明之光。经过颜子、曾子等孔门弟子及子思等孔门后学的传承与发扬，战国时期儒学早已超越了齐鲁的范围，成为北至中山，南至楚地的天下显学。在战国时期，能够发挥和保卫孔子之道的最关键的人物就是孟子。孟子生活的邹地，与曲阜毗邻，所谓"近圣人之居，若此其甚也"，孟子因此对孔子产生了极为仰慕崇拜的心情。他一生以"学孔子"，"闲圣人之道"为职志，一方面在哲学上、思想上深化了孔子思想，另一方面又将儒学的理论架构进行了十字打开的拓展。

孔孟之道成为儒学的代称，也成为中国文化的瑰宝。几千年来，成为指导中国人生活的准则，也是影响中国政治的理论。这就足以说明，曲阜及周边这片文化区域，不仅是鲁文化的核心地区，更是儒家文化的发祥地，是中国文化版图中最能代表中国文化的地方。

今天，我们肩负着中华优秀传统文化的创造性转化、创新性发展的时代使命。而实现文化的"两创"，首先就得摸清家底、讲好故事。儒家的故事千千万，圣地的儒学故事也不胜枚举。我们只能精挑细选，优中选优地讲述其中的重要故事。下面，就请跟随我们的笔触，去领略那些陈年往事中所蕴含的迷人的智慧，去感知古圣先贤身上所散发出的高尚情操。

目　录

1

一

斯文在兹的文明高地

曲阜，今天不过是鲁西南的一座小县城。但是，它却有着极其丰厚的历史文化底蕴，是我国首批历史文化名城。这里是黄帝出生地、殷商故都、周公封国，更是孔子故里、儒学发祥地，是名副其实的文明高地，是足以代表儒家文化的东方圣地。历史上，有那么多帝王将相、文人学士来到这里朝圣，三孔里那些林立的碑碣可以做证！

（一）黄帝在这里诞生

在曲阜城东四公里的旧县村东有处文物古迹，当地人称为寿丘少昊陵景区。前有院落，其中有水池一汪，在池的东西两侧，各竖着一幢巨型石碑。出此院落北望，有一古道，翠柏掩映，尽头又是一座院落。门前牌坊上书"少昊陵"三字，内有大殿，殿后有一座奇特的建筑。这座用石头砌成的锥形建筑，被当地人称为"东方金字塔"。这就是大名鼎鼎的"寿丘"。寿丘之后的巨型封土便是少昊陵。

寿丘，据古史记载，为黄帝诞生地。黄帝生于寿丘的说

寿丘

法自古便有。皇甫谧在《帝王世纪》中也赞同这种说法。宋代第三位皇帝宋真宗，以轩辕黄帝为赵姓始祖，于大中祥符五年（1012）闰十月，下诏将曲阜县改名为仙源县，并将县城迁往寿丘之西，又兴建了大型宫殿景灵宫来奉祀黄帝。根据记载，景灵宫原共有1320间建筑，并将寿丘叠石为山，上供奉玉雕黄帝像，用太庙的礼仪祭祀，礼制是当时最高的。可惜在金兵南下、蒙古铁骑南下时，屡遭破坏，最后偌大一座宫观烟消云散，只留下几幢巨型石碑，供人凭吊。

在邹鲁之地，黄帝文化影响深远，有着"黄帝三百年"的传说，孔子师徒曾专门讨论过这一话题。宰我问孔子："以前我听荣伊说：'黄帝活了三百年。'请问黄帝是人，还是神呢？为什么能活三百年呢？"孔子讲述了关于黄帝的生平大概。黄帝是少典的儿子，名叫轩辕。他生下来就神奇灵敏，说话很早，小时候聪明睿智严肃庄敬，笃实审慎诚实守信，长大以后更是耳聪目明，明辨一切。他探究五行之气，设置五种度量衡标准，保护天下人民，考察四方情况。他驾乘牛马，驱赶驯服的猛兽，与炎帝在阪泉之野上展开大战，三战以后打败了炎帝。他创制了衣服，制作了黼黻等美丽的花纹。治理人民，以顺应天地之法则，了解昼夜更替的原理，明白生死存亡的道理。按时节播种庄稼，品尝各种草木以便发现药用价值，他的仁厚美德施及自然界的鸟兽昆虫。他观察日月星辰的变化规律以确立历法，耗费耳目，耗费心力，用水、火和财货来养护人民。因此，黄帝生前，人民受其恩惠一百年；黄帝死后，人民敬畏他的神灵一百年；之后，人民沿用黄帝之教化又一百年才改变。所以说"黄帝活了三百年"。所谓"黄帝三百年"，并不是说他如神仙一般生命长久，而是用来说明他的影响力之久远。这样的影响力源于他养护人民、教化人民，因此得到人民的敬畏尊重，进而远播他的声名，传颂他的故事。

（二）这里是曾经的商都

2019 年至 2020 年，山东考古队在曲阜城南的小雪镇西陈村发现一处面积达 7 万余平方米的遗址。经过考古发掘，确定遗址的主体年代为晚商到西周早期。考古专家认为，西陈遗址是目前山东地区发现房址数量最多、祭祀遗存最为丰富、聚落布局十分清晰的大型商周遗址，遗址等级较高，年代与文献记载的"奄"基本对应，为我们探寻中商奄都、了解晚商时期东方地区政治态势、探索商周交替时期所发生的一系列重大历史事件与社会变革提供了较为明确的线索。让考古人苦苦寻觅了几十年的商代都城"奄"，极有可能要"浮出水面"。

曲阜及其周边地区，在商代曾经是文化发达的地区。商族本来是兴起于东方的。根据《诗经·玄鸟》的说法："天命玄鸟，降而生商，宅殷土茫茫。"商人的图腾就是玄鸟，而玄鸟说的是黑色的燕子。上天命令玄鸟降临人间，生了商的始祖契，在广袤的殷地居住。在商朝的开国之君商汤时，今鲁西南地区正是商人的根据地。

商朝从成汤到盘庚时，曾多次迁都。成汤以后，王位十传而至仲丁，再到第二十任君主盘庚期间，五迁商都。商朝为何要频繁迁都呢？其中缘由既有天灾要素，也有人为原因。说到天灾，大部分是洪涝灾害，这在当时是没办法避免的，所以只能靠迁徙改变命运。至于人祸指的则是宗室内斗、争夺王位的现象。其中，商朝第十八任君主南庚将商都从庇（今山东郓城）迁到奄。南庚在庇本来过得好好的，或许是由于外敌入侵，又或许是由于继承权的问题再次爆发，使得商朝的国力面临威胁。这个时候南庚想起了老祖宗们的办法，继续迁都，这才将都城从庇迁徙到了奄，也就是山东曲阜，在这里安居乐业。后来，南庚传位于阳甲，阳甲之后盘庚继位，盘庚最后一次迁徙王都，定都河南安阳小屯殷墟，商朝才开始称为殷商。

此后，奄地虽然不再是商朝的国都，但是这里依然是殷人重要的聚集地。一直到周初，武庚叛乱，奄地的殷人仍是重要的支持势力。这说明，曲阜这一带有着极其深厚的殷商文化的影响。

（三）周公的封地

周公，姬姓，名旦，是我国古代杰出的政治家，也是一位对后世中华文明产生深远影响的思想家。他是周文王的儿子、周武王的弟弟、周成王的叔父。他德才兼备，一生辅国安邦。在武王灭商的过程中，周公尽心尽力，出谋划策，起到了重要的辅助作用，成为武王的得力助手，辅佐武王顺利完成了灭商大业。

周武王去世后，成王即位。但成王年幼，不能主政，周公作为辅相，以冢宰的身份摄政，担负起辅助成王的任务，全面处理周王朝方方面面的事务。周公殚精竭虑，日理万机，但他的切实努力换来的却是恶语中伤，他的弟弟管叔、蔡叔等人制造谣言，说周公将对成王不利，闹得镐京沸沸扬扬，连召公奭听了也怀疑起来。成王年幼无知，更弄不清楚是真是假，对这位辅助他的叔父也有点信不过。这让东方的武庚有机可乘，他联系管叔、蔡叔，进行叛乱。

在这样危急的情势下，周王朝的国家机器陷入险境。周公心里悲伤，但对周王朝的事业忠心不改。他言辞恳切地向召公等周朝重臣表白，以争取他们的信任。在得到了人们的支持与理解之后，周公毅然调动大军，并亲自率军平叛。在消除了武庚以及管、蔡等"三监"的祸患，又平定殷商旧地以后，又率军大举东征，经过艰苦卓绝的战争，终于消灭了东方的殷朝旧部、遗留势力，彻底稳定了东方，为新兴周王朝消除了隐患。

周公辅助成王，共摄政七年。周公经略天下，对稳固周王朝统治起了至关重要的作用，功莫大焉。成王七年，也就是周公归政之年的年末，成王对周公有功于王室念念在心，于是在洛邑举行了封命"周公后"的仪式，将周公之子伯禽分封到泰山之南，建立了鲁国，周公也就成了鲁国的始祖。周公去世后，为了褒扬周公之德，成王特许鲁国在祭祀周公时使用周天子之礼乐。这使得鲁国较为完备地保留了周朝的礼乐，成为宗周的典范。

（四）韩宣子赞"周礼尽在鲁"

韩宣子，姬姓，韩氏，名起，是韩献子韩厥之子，晋国六卿之一，执政达二十七年之久，在他这一代，韩氏家族迅速崛起。我们所熟知的"三家分晋"之一的韩国，就是由韩宣子的后代韩虔建立的。

昭公二年也就是周景王五年（前540），韩宣子奉命访问鲁国，在鲁国的所见所闻不仅开阔了他的视野、增长了他的见识，更重要的是令他认识到鲁国礼仪的完备，理解了鲁国文化的发达。

这年的春天，天气逐渐回暖，冰雪逐渐消融，韩起带着晋平公的嘱托——祝贺鲁昭公即位、报告自己执掌国政，访问鲁国。韩起在鲁的各项礼仪活动完成之后，又特意到太史氏主管的鲁国国家图书馆参观。在那里，保存着丰富的典籍，一卷卷的竹简陈列在架上，琳琅满目。韩起见到了两本令他惊叹不已的奇书，《易象》和《鲁春秋》。《易象》极可能出于文王之手，而《鲁春秋》就是孔子后来编修《春秋》的底本，是鲁国的史书。

韩起看到这两本书后，不由得大为惊讶，连连赞叹："周礼尽在鲁矣。"一方面表明"文献尽在鲁"，记载、承载"周礼"的文献典籍在鲁国得到了良好的保存。另一方面则意味着"礼仪尽在鲁"，文献典籍所载周礼行用在鲁国得到了良好的遵循。韩起在太史氏这里受到了极大的冲击和震撼，不禁又感慨道："吾乃今知周公之德与周之所以王也。"

参观完毕，昭公设享礼款待他。鲁国正卿季武子赋《诗经·大雅·绵》的最后一章以赞颂晋平公和韩起。韩起赋《诗经·小雅·角弓》以期待鲁晋两国如兄弟般相亲相善。季武子下拜说："谨此拜谢您为敝国弥补缝合，我们国君有希望了。"季武子又赋《诗经·小雅·节》的最后一章。享礼结束后，季氏又在家中宴请韩起。宴饮之时，韩起看到庭院中有一棵树长得挺拔茂盛，又连连称赞它。季武子说：

"我怎敢不好好培植这棵树？以不忘《角弓》。"于是赋《诗经·国风·甘棠》一诗以赞美韩起堪比召公。韩起忙推辞说："我可不敢当，我哪里比得上召公。"

孔庙大成殿

我们知道，晋国是周代分封的大国，尤其是进入春秋时代以后，晋文公建立霸业，成为"春秋五霸"之一，其经济军事实力已经远远超过了鲁国。但是，尽管晋国硬实力很强，但在文化软实力上却鲜有建树。作为晋国执政大夫的韩宣子这一句评价，足以说明鲁国文化的高度。从侧面也可以印证，鲁国之礼乐文明是何等系统、完备！

韩宣子访问鲁国的这一年，孔子年方十二岁。尽管那个时代，已经进入孔子所批评的礼坏乐崩的"乱世"，但在晋国卿大夫韩宣子看来，鲁国却依然拥有几乎系统完备的周代礼乐文化，因此，敬意油然而生。可以想见，这样的礼乐文化氛围对于孔子思想的产生、发展产生了何其重要的影响。

孔子之所以一生重视礼乐，与他成长在这样一个礼乐文明比较完备的环境中是分不开的。

（五）吴季札观乐"叹为观止"

叹为观止，作为一个成语，一般用来赞美所见的事物尽善尽美，好到了极点。这一成语出自春秋时期吴国贵族季札观赏鲁国礼乐时的感叹。季札品德高尚，有远见卓识，受封于延陵一带，又称"延陵季子"，在当时的中原也广受赞誉。后来孔子便赞美他："延陵季子，吴之习于礼者也。"后世的司马迁更由衷地赞叹："延陵季子之仁心，慕义无穷，见微而知清浊。呜呼，又何其闳览博物君子也！"

鲁襄公二十九年（前544），为与鲁国结盟交好，三十三岁的吴国贵族公子季札奉命出访鲁国。鲁国大夫叔孙豹亲自迎接，季札感觉受到了礼遇，非常开心。

季札请求欣赏周朝的乐曲，于是叔孙豹让乐师为他演奏《周南》和《召南》。季札在欣赏过程中不由得赞美说："美啊！王业开始奠定基础了，还没有完善，然而百姓勤劳而不怨恨了。"接着，乐工又为他演奏《邶风》《鄘风》《卫风》等，他又感慨说："美好又深沉啊！忧愁而不疲倦。我听说卫康叔、武公的德行就像这样，这大概就是《卫风》吧！"为他演奏《王风》之歌，他赞美说："美啊！虽有忧思而不至恐惧，大概是周室东迁以后的音乐吧!"为他演奏《郑风》之歌,他评论说:"美啊!但是它琐碎得太过分了,百姓不堪忍受了。这大概是郑国要先灭亡的原因吧!"为他演奏《齐风》之歌,他赞赏说:"美啊,多么宏大的声音呵!这是大国的音乐啊!作为东海表率的,大概是太公的国家吧!国家前途是不可限量的。"为他演奏《豳风》之歌,他赞叹说:"美啊,浩荡博大呵!欢乐而不过度,大概是周公东征的音乐吧!"听完《秦风》《魏风》《唐风》《陈风》后,季札也都一一做了点评。不过,自《郐风》以下的乐曲,季札听了就不再评论了。乐师为他歌唱《小雅》《大雅》《颂》,季札也感慨万千,赞不绝口。

季札在欣赏《象箾》《南籥》《大武》《韶濩》《大夏》等舞的过程中,也非常兴奋,他能够想象出这些乐舞所表达的圣王境界。当他看到有关舜的《韶箾》舞蹈时,不由得赞叹道:"功德到达顶点了,伟大啊!像浩浩上天的没有不覆盖,像冥冥大地的没有不承载。盛德到达顶点,就不能再比这更有所增加了,聆听观看就到这里了。如果还有别的音乐,我不敢再请求欣赏了。"这便是"叹为观止"的由来,这样绝美的赞誉,从一个侧面说明了鲁国文化的厚重。

季札回国后,思考良久,他不断回味着鲁国礼乐的美妙,他也在不断探索着西周礼乐蕴含的治国之道。

二

灿若繁星的春秋诸贤

鲁国是礼乐之邦。礼乐文明所濡染的鲁国文化，正是儒家文化得以产生的文化土壤。春秋时代的贤人气象及其思想，为孔子的出现奠定了坚实的文化基础。穿越历史，聆听有关那些鲁国贤人的故事，我们看到一个个鲜活的生命、一颗颗温暖的心灵。他们的智慧足以启迪我们，他们的德行足以教化我们，他们的风采足以照耀我们。

（一）鲁国诸贤大夫的风采

1. 曹刿谏鲁庄公

"曹刿论战"的故事，因为载入中学语文课本而广为人知。这个故事形象生动地展现了曹刿作为军事家的一面。其实，曹刿不仅擅长领兵作战，而且富有政治才能，深谙治国之道，懂得礼制对于一个国家的重要意义。《国语·鲁语》记载了曹刿劝谏鲁庄公如齐观社的故事。

鲁庄公是鲁国的第十六位君主，他在位时已经进入春秋时期。鲁庄公准备到齐国去观看社祭。关于观社历代有不同解释。有人认为是齐人祭祀社神，是为了检阅军队、炫耀武力。有人认为齐国的社祭之日，男女相聚，游览观看。从次年鲁庄公迎娶哀姜之事来推测，鲁庄公赶到齐国去观看社祭的目的是观看齐桓公之女哀姜。

曹刿听说了这件事，急急忙忙加以劝阻。他劝谏道："您不能去啊。礼，是用来规范人的行为的。所以先王为诸侯订下制度，规定诸侯每五年要派使臣觐见天子四次，诸侯亲自朝见天子一次。事毕就集中在一起讲习礼仪，用以端正爵位的尊卑，遵循长幼的次序，讲求上下的法度，确定纳贡的标准，在这期间不能缺席，也不能怠慢。如今，齐国在祭祀社神时让民众前去游览观看，是废弃了始祖太公望制定的礼法。而您竟然也想前去参观，这是违背礼制的，是没有先例的，如果您这样做了，今后还怎么训导百姓呢？春天举行社祭，是祈求农事得到上天的赐福；冬天举行社祭，是为了向土神贡献五谷。如今齐国组织社祭，您想前往观看游乐，这不符合先王的法度啊。天子祭祀上天，诸侯要参加助祭以听受政令；诸侯祭祀先王先公，卿大夫参加助祭以接受职事。我没有听说过诸侯之间可以互相观看祭社的，这种祭祀显然不合礼法。国君的一举一动都是要记载下来的，记载之事如果不合礼数，后世子孙们将会怎么看待呢？"

鲁庄公一门心思想去齐国，哪里听得进曹刿的劝谏啊！所以，他一边听曹刿说，一边脸上露出不耐烦的神情。鲁庄公果然没有听从曹刿的劝阻，最终还是去了齐国。鲁庄公作为一国之君居然带头破坏礼制，可以想象，鲁国的衰败也由此开始了。

2. 臧文仲的仁德之举

臧文仲是鲁国的贤大夫。之所以被称为"贤人"，就是他能明辨是非，心怀仁德。

在两千多年前，由于科技不够发达，农耕时代的人们基本上是靠天吃饭。因此，不管是旱涝，还是蝗虫、冰雹，都是人们极度恐惧的天灾。而人们理解天灾的方式，往往陷入一种迷信之中。那时候，很多人把天灾视为上天对人间的某种惩罚或某种警示，这就需要一种特殊的人来沟通上天和人间。这种人就是巫。巫可以了解天意，然后通过某种礼仪、法术，取得上天的宽宥，取消对人间的惩罚，从而解决天灾。

鲁僖公二十一年（前639）的夏天，鲁国的天气异常，久旱不雨。眼看着农田里的庄稼，都因缺水而蔫萎，老百姓怨声载道。士大夫们也预感到，长此以往，定是凶年。于是，有人就对鲁僖公说："老天爷之所以不下雨，就是因为巫人在作怪。巫人作为主持求雨之人，老天爷不下雨，说明他们不作为。理应加以惩罚。把这些人烧死，上天就会下雨了。"也有人对鲁僖公说："老天爷不下雨，并不是巫人的事，而是尪人的缘故。"尪人则是那些身体畸形、脊柱后弯、仰面朝天之人。"上天之所以不下雨，应该不是降灾警示，而是上天心有仁德，可怜这些尪人，生怕下雨会灌入他们的鼻子，所以才不下雨。"于是，那人建议鲁僖公："把他们捉来烧死，天就会下雨了。"尽管这些理由毫无逻辑，非常荒唐，但是病急乱投医的鲁僖公，也没有别的主意，只好下令照办，企图以此解决旱灾。

大夫臧文仲闻知此事，觉得非常荒唐，赶紧出来谏阻道："这种烧死巫尪的做法，可不是抗旱的办法啊。以工代赈，修筑城郭，省吃俭用，劝富济贫，发展农业，才是当务之急啊，只有这样才能平稳度过灾荒。天灾和巫、尪有什么关系呢？上天有好生之德，老天爷既然让他们出生于世，便不会同意随意将他们处死。如果巫和尪真有制造灾害的能力，那么烧死他们，也只会使干旱更加严重，老天爷也不会下雨缓解旱情。"

鲁僖公听罢，连连点头称赞，觉得他说的话很有道理，于是听从了他的建议。最终，鲁国虽然因为久旱不雨出现了饥荒，但却因为官府做了很多补救措施，并没有发生大的灾祸和动乱，整个社会平稳有序地度过了自然灾害。

在那个生产力不发达的年代，臧文仲清醒地意识到，自然灾害与人无关，体现了一种难得的理性精神。他知道应对天灾只能尽人力、行人道，而不应该随便找替罪羊，以迷信的手段解决问题。这是他的智。同时，臧文仲的思想深处包含了对于百姓的爱护，蕴含了朴素的民本思想，这实在是人道主义在历史长夜中的闪光，这是他的仁。尽管臧文仲也曾被孔子批评过，但孔子总体上非常尊重这位前辈，这是有原因的。

3. 臧文仲赴齐借粮

鲁庄公二十八年 (前 666)，鲁国发生了饥荒，鲁国国君鲁庄公为此非常着急。大夫臧文仲看到此情此景，便出来向鲁庄公献策。他说："与邻国结好可以求得援助，然后取得诸侯的信任，并依靠婚姻关系来加强它，重申盟约誓言来巩固它，这样才能应对国家危难呀。铸造钟鼎宝器，贮藏珠玉财物，不为别的，乃是为消除百姓的疾苦。现在国家发生饥荒、饿殍满地，国君您为何不去齐国一趟，以钟鼎宝器来换取粮食呢？"庄公说："这个主意不错。可是，派谁前去呢？"臧文仲自告奋勇地回答道："国家遇到饥荒，理应由卿大夫外出求购粮食，这是自古流传下来的规矩。我既然充列卿位，那请您派臣下去齐国吧。"庄公一听，心头甚喜，于是派遣臧文仲前往齐国。

臧文仲的侍从不解地问："国君没有指派你去，你居然主动请缨，这不是给自己找麻烦吗？"臧文仲闻听此话，连忙反驳说："贤明的人，当危难时刻要挺身而出，担当重任，在安定之时则要谦让。为官的人，就应该敢于任事，不能逃避危难。如果居高位的人体恤百姓的忧患，国家才能安定富强。如今，倘若我不主动请缨去齐国借粮，就是逃避责任。身居高位，不体恤百姓，又怠于政事，这可不是臣子所该做的啊。"

臧文仲来到齐国之后，请求用名贵的鬯圭和玉磬换购粮食，他对齐国国君说："天灾殃及敝国，饥荒又降临到老百姓头上，百姓们瘠瘦羸弱，生命受到威胁。对始祖周公的祭祀也已经无法保证，给王室的贡品更是难以操办，我们国君很担心因此而获罪。所以，不敢再吝啬，希望将先王的宝器，交换贵国的陈粮。这样既可减轻贵国管粮人的负担，也能解救敝国的饥荒，还可使我们履行朝贡周王的职责。不但我们鲁国君臣能领受到贵国国君的恩惠，就是周公和天地间的所有神祇也能依靠这些粮食而继续得到祭祀。"齐君被臧文仲的一番话打动了，念在齐鲁是邦交之国，于是把粮食借给了鲁国，而且没有要这些宝器。

臧文仲成功借到了粮食，鲁国顺利度过饥荒。鲁国上至贵族，下至百姓，无不感念臧文仲的善举，臧文仲因此受到举国爱戴。

4. 柳下惠批评臧文仲

柳下惠是鲁国的贤大夫，他为人正直，对于他认为不对的事，他从来都是敢于制止，据理力争的。

一天，一只体型庞大的海鸟出现在鲁国都城东门外，一连两天都在那里，没有飞走。鲁国的贵族、平民感到很疑惑，不免思忖："海鸟怎么飞这么远来到鲁国，而且也不飞走呢？"臧文仲觉得这只鸟的降临，非比寻常，不能坐视不管。说不定这是一只"神鸟"呢，于是命人对这只鸟进行祭祀。柳下惠听说此事，颇不以为然，急忙出来加以劝阻。

柳下惠对臧文仲非常不客气，厉声说："你太迂腐了，竟这样处理政务。祭祀之礼是一个国家重要的典章制度，而制度是治理国家、稳定社会的基础，所以但凡涉及祭祀的典章制度要谨慎对待，不可随意更改。"接着，柳下惠又援引上古圣王祭祀的先例，一一分析祭祀的缘由。柳下惠给臧文仲说，圣王只祭祀那些对人民和国家有功劳的人和事物，只有像黄帝、颛顼、帝喾、尧、舜、禹、周文王、周武王这些人物，才能受到后人的祭祀；此外，土地、五谷和山川诸神，先哲和有美德的人，天上的日月和星辰，地上的五行，九州的名山、江河和沼泽，也应该加以祭祀。因为它们对人的生活有实质性的影响，做出过巨大的贡献。除此之外，是不能随意祭祀的。

柳下惠接着批评臧文仲："现在海鸟飞来了，你自己弄不清楚原因就去祭祀它，还作为国家的祭典，这很难说是仁慈，也算不上智慧的做法。有仁慈的人讲论功业，有智慧的人明察事理，没有功业而去祭祀它，不是仁者的做法，不了解情况又不去咨询别人，这不是智者的做法。我想，大概海上要发生灾祸了。我听说，海上的鸟，海中的鱼类，都能够预感到灾祸而到别处躲避。"

臧文仲听了柳下惠的话后，连连点头称是，非常惭愧地说："这的确是我的过错啊！你的话说得太好了，可以奉为法则。"于是，命人把柳下惠的话记在了简册上。果然如柳下惠所料，这一年，海上经常刮大风，出现了暖冬。气候的变化，导致海鸟从海上飞来内地。

5. 柳下惠以"信"为宝

诚信是中华民族优秀传统文化的道德精髓，是社会良性运转的重要基础，也是和谐人际关系的思想支撑。春秋初年，身为鲁国士师（法官）的柳下惠，忠厚诚信，在国内外威信很高。柳下惠以"信"为宝的故事被传为佳话。

鲁僖公二十六年（前634），齐国攻打鲁国，想要索取鲁国的岑鼎。岑是指小而高的山，岑鼎是鲁国的一尊宝鼎，因形高而锐，类小山之形，故名岑鼎。鲁君不愿意把真的岑鼎送出去，于是派人用车拉着假的岑鼎送到齐国。齐侯看到后，不相信送来的鼎是岑鼎，于是把它退了回来，并派人告诉鲁侯，如果柳下惠认为这是岑鼎，我愿意接受它。鲁僖公得知惊慌不已，不知所措，于是向柳下惠求助。柳下惠对鲁僖公说："您答应齐侯把岑鼎送给他，为的是使国家免除灾难。我自己这里也有个'国家'，这就是信誉。毁灭我的'国家'来挽救您的国家，这是我难以办到的。"鲁僖公听后，很是羞愧，于是答应把真的岑鼎运往齐国去了。柳下惠以"信"为宝，这样做可以说是非常善于劝说国君了。这么做，不仅保持了自己的信誉，而且这个"国家"又能保存住鲁君的国家。柳下惠因此在齐鲁大地具有很高声誉。

柳下惠退居柳下后，招生收徒，讲习文化，深受乡人爱戴。孟子对柳下惠非常推崇，在《孟子·万章下》中赞扬柳下惠："柳下惠，不羞污君，不辞小官；进不隐贤，必以其道；遗佚而不怨，阨穷而不悯。与乡人处，由由然不忍去也。尔为尔，我为我，虽袒裼裸裎于我侧，尔焉能浼我哉？故闻柳下惠之风者，鄙夫宽，薄夫敦。"柳下惠是具诚信品格的典范。柳下惠终生诚信立身、以德处世，难怪被孟子誉为"圣之和者"的百世之师。

6. 不离父母之邦的柳下惠

柳下惠具有很深的家国情怀，即便身处逆境，也不改初心。

柳下惠本是鲁国的公族，曾经担任典狱官，主管刑狱诉讼之事。他执法严明、刚正不阿，在一些重大事情上坚持正道、不事逢迎，往往与鲁国执政者意见不合，并常常批评他们行政上的失误，故而不被重用，甚至遭到排挤，仕途艰难。如此贤能之人，遭遇如此对待，很多人都看不下去了。于是，纷纷站出来，劝他干脆离开这是非之地："先生才华出众，贤能人所共知，可是在鲁国却郁郁不得志，说明我们鲁国政坛小人当道，我替你不值。您为何不到别国去呢？我敢说人家都求贤若渴呢！您一定能找到施展自己抱负的舞台！"柳下惠当然明白对方的善意，但他并不想这样做。他非常清楚，自己遭受贬黜，是正直与邪恶的对立，是普天下都存在的问题，并不只有鲁国如此。他对那人解释说："我在鲁国之所以屡被黜免，是因为坚持原则，直道事人。如果我不放弃原则，坚持直道，其实到了哪里也都是一样的结果。如果我为了自身的通达而放弃原则，枉道事人，又何必离开生我养我的故乡呢？"这个人听罢柳下惠的回答，连连叹服。

柳下惠不愿意屈节，改变自己的立身之道。他宁愿留在自己的祖国，忍受不公正的待遇，也不愿意放弃原则。表达的不仅是一种正直耿介的风骨，更蕴含着对父母之邦的无限眷恋。身为掌管刑狱的法官"士师"，在执法过程中，要依"直道"的原则，就必须做到"秉公"，即坚持公正、公平、公开的原则，这样做人办事，难免要得罪人。在他看来，义比利重要得多，只能直道而行，绝不能放弃正路而走邪路。无怪乎一百六十多年后的孔子对先贤柳下惠充满了敬意。

7. 廉政典范季文子

季文子，是春秋时期鲁国季氏家族的一位贤大夫。他字行父，谥文，史称"季文子"。他历鲁文公、宣公、成公、襄公四朝，在鲁宣公时开始担任鲁国的正卿，长达三十三年。为稳定鲁国政局，曾驱逐公孙归父出境。他为人处事十分谨慎，每件事都要反复斟酌，成语"三思而行"就源于他。不过，他身处高位，却能够做到克勤克俭，成为古代廉政的典范。

作为鲁国正卿，季文子可谓位高权重。他执掌着鲁国朝政和财富，自己还有大的封邑，可是，他的妻子儿女却没有一个人穿着华丽的衣裳。他家里养的马匹，只喂青草而不喂粟米。

孟献子的儿子仲孙它对季文子这种做法，很不以为然，甚至有点瞧不上。有一天，仲孙它语带讥讽、振振有词地"教训"季文子。他说："你身为鲁国的正卿大夫，不注重自己的容貌服饰，又不让自己的妻子、儿女穿好的衣服，还不让你的马吃好东西，这么寒酸，人家会不会认为你小气呢？而且，你地位如此之高，这样做不也有损国家的体面吗？你这么俭朴的生活方式要改一改啊，这对于自己和国家都有好处啊。你现在这么寒酸，即便不怕国人耻笑，难道也不怕被别国人取笑吗？"

季文子听完仲孙它的一番话，淡然一笑，对他严肃地说："我也希望家里豪华，当然也愿意穿绸衣、骑良马，让妻室打扮得漂亮一些。但是，我看到我们鲁国的百姓，还有许多人吃糠咽菜、挨饿受冻。我身为执政大夫，看到老百姓过着悲惨的生活，我自己却锦衣玉食，于心何忍呢？况且，一个国家的荣誉，只能靠臣民的品行来表现，并不是以美妻和良马来评定的。您的好意，我心领了，但是我不能接受这个建议啊。"孟献子同季文子一样，都非常俭朴。听闻此事，觉得儿子不明事理，就把仲孙它关了七天，让他面壁思过。在这样的家教之下，仲孙它也改过自新，要求家人穿粗劣的布衣，喂马只喂杂草。季文子听闻后感慨："知错能改，这就是贤人呀！"于是，就提拔仲孙它做了上大夫。

季文子终身奉行廉洁的处世之道。他去世之时，鲁襄公亲自前去吊唁，只见季文子的随葬品仅有几件日常用品，没有任何豪华奢侈的物品。由此可见，这位季文子真可谓善始善终的廉政典范了。季文子以鲁国执政的身份大兴节俭之道，为鲁国政治起到了极大的表率作用。

8. 以贤为富的孟献子

孟献子是春秋时期鲁国执政的贤大夫之一，一生辅佐过鲁宣公、鲁成公、鲁襄公三代，三朝为相长达五十年之久。他执政时期虽地位很高，却十分清廉。他曾经说过一句政治名言，被记载在儒家经典《大学》之中："畜马乘，不察于鸡豚；伐冰之家，不畜牛羊；百乘之家，不畜聚敛之臣。与其有聚敛之臣，宁有盗臣。"意思是说，有车马可乘的贵族不贪图小利，大国之卿不可养聚敛财富的家臣。

有一次，孟献子出访晋国。晋国执政韩宣子设宴款待孟献子一行人。孟献子与韩宣子二人相谈甚欢，酒兴甚浓，一连换了三个饮酒的地方。这三个地方装饰得十分华丽，处处都备有编钟编磬，不用临时搬动，如此高规格的乐队为宴会奏乐，酒饭也十分讲究。孟献子看到韩宣子有如此排场，非常感慨地对韩宣子说："大夫，您家里真是富有啊！"韩宣子没有听出孟献子话中的讥讽，反而有点扬扬得意地问孟献子："大夫，您看您家和我家相比，谁更富有呢？"孟献子说："我的家很穷，只有几个士人为友，他们虽然是一介书生，却都很有学识和才华。有他们的辅助，我才能把辖区内的老百姓治理得和睦相处、安居乐业。"韩宣子听后，不觉心生愧疚，沉默不语。

宴会结束，孟献子回国。韩宣子十分钦佩地自言："孟献子是真正的君子啊！他以养育贤人为富有，而我则是凡夫俗子，是以金玉钟磬为富有的目光短浅之人啊，鲁国有像孟献子这样的臣子治理国家怎么能不兴旺呢！"正因如此，孟献子才能成为孟氏家族发展史上一位关键性人物，为后世儒家君子不断表彰。

9. 叔孙豹论"三不朽"

"三不朽"又称"三立"，在中国传统社会，是人们立身处世的法则，也是中国人的信仰，提出"三不朽"思想的就是鲁国的贤大夫叔孙豹。叔孙豹是鲁国三桓"叔孙氏"的代表人物，谥号为"穆"，史称"叔孙穆子"。

鲁襄公二十四年（前549），鲁国大夫叔孙豹赴晋国访问。晋国执政大夫范宣子迎接他。范宣子是士氏，因封地又称范氏，名匄，谥号"宣"，史称"范宣子"。

范宣子与叔孙穆子相见，不免先寒暄一番。交谈之中，范宣子忽然煞有介事地请教叔孙豹一个问题："古人说的'死而不朽'是什么意思呢？"这个问题，涉及中国人的生死观，当然也就反映某种价值观。人生不过百年，但人们却有一种追求"不朽"的冲动。有的努力通过某种修炼获得长生之术，可以不死，比如道教的内丹和外丹术；有的是追求通过对尸体的某种处理，达到不腐，比如埃及的木乃伊，中国古代墓葬中的金缕玉衣，都代表了这一努力；有的认为家族血脉的绵延可以实现不朽。但是，这些都非常物质化，没有达到更高的精神境界。

叔孙豹对于范宣子的这个问题，正在思索之际，范宣子又追着问："当初我范匄的祖上，在虞舜以上是陶唐氏，在夏朝是御龙氏，在商朝是豕韦氏，在周朝是唐杜氏，晋国主持中原诸侯盟会的也是我范氏家族，古人所说的'不朽'大概指的就是我这种情况吧？"说罢，范宣子脸上洋溢着得意扬扬的笑容。

叔孙豹听罢，没有急于回答，而是先从容不迫地整理了一下衣冠，然后说道："据我所知，这只能叫作世禄，并非不朽。我鲁国有位先大夫叫臧文仲，他故去以后，他的至理名言世代流传，这才称得上不朽啊！我听过一种说法，不朽有三种，最高的境界是立德，其次是立功，再次是立言。即便人去世很久，这三样也不会废弃，这才是真正的不朽啊。至于通过保持贵族地位来守护宗庙，延续世代祭祀，哪一个国家都有这种情况啊。禄位的显赫，不能称为不朽。"范宣子听完叔孙豹的话后，沉默不语，面带愧色。

叔孙豹的这番议论后来自然也成为"不朽"的名言。追求实现"三不朽"则成为中国古代士大夫阶层的崇高理想。

10. 臧武仲为何不捕盗贼？

臧武仲，名纥，是鲁国贤大夫臧文仲的孙子，担任鲁国的司寇。矮小多智，号称"圣人"。

鲁襄公二十一年（前552），当时鲁国的盗窃之风突然盛行，执政大夫季武子对臧武仲说："你为什么不捕治盗贼？"按理来说，身为司寇，捕治匪盗是分内之事。没承想，臧武仲非但毫无自责之意，反而理直气壮地说："盗贼无法捕治，我也没有能力捕治。"季武子闻听此言，大惑不解，又非常气愤，忍不住质问道："我们鲁国四方的边境都有国界，有守卫，盗贼又跑不掉，为什么你说抓不到呢？你官居司寇之职，捕盗是你的职责，为什么你说做不到呢？"

臧武仲对季武子的质问，根本不以为然。他反过来质问季武子："你作为鲁国执政，把国外的大盗招来，不仅如此，你还给予这些盗贼优厚待遇，这样又怎么能禁止国内的盗贼呢？你是鲁国正卿，把外国的盗贼引来，却要我去除掉国内的盗贼，这样我怎么可能办得到？"臧武仲何出此言呢？原来事出有因。

三年前的公元前555年，晋平公亲率晋国军队，联合鲁、宋、卫、郑等国，共同讨伐齐国，经过平阴之战后，齐国大败。然而，齐晋平阴之战结束的第二年，也就是鲁襄公十九年（前554），小邾国却不断骚扰鲁国，不断侵占鲁国的土地，甚至出兵攻鲁。晋国帮助鲁国把邾悼公俘获。同时，邾国漷水以西田地又被划给了鲁国。次年，鲁襄公去晋国访问，主要是为了感谢晋国的帮助。而就在此时，邾国发生内讧，鲁国的邻国小邾国的大夫庶其以漆（在今山东邹城东北）、闾丘（在漆东北十里）两座城邑作为献礼来投奔鲁国。鲁国执政季武子把鲁襄公的姑母嫁给庶其，庶其的随从也因此都获得了赏赐。

臧武仲进一步质问："邾国大夫庶其在邾国偷盗城邑而来，你却把国君的姑妈嫁给他做妻子，还赏赐他城邑，他的随从也都获得了赏赐。对大盗，你给了他国君的姑妈和大城邑以表示优待，次一等的给予奴隶和车马，最差的也赏赐了衣裳和剑带，你这不是在奖赏盗贼吗？你奖赏盗贼，却又要我去除掉盗贼，这恐怕做不到吧。"季武子面对这一指责，也自知理亏，不敢反驳。

没想到，臧武仲还没完，继续说道："我听说，居上位者要先洗涤自己的心，以忠恕诚信待人，使它合于法度，以身作则，这样才能更好地治理百姓。在上者的所作所为，是百姓的榜样。在上位者能够保证不触碰禁令，这样的话，一旦百姓触碰禁令，就可以对百姓施以刑罚。这样一来，就没有人敢犯错。反过来，如果居上位者违背禁令，百姓也会竞相效仿，这是势所必然的。这样又怎么能够禁止百姓违背禁令呢？诚信出于一致，以后它的功用就能想象得出了。"

季武子听后，默不作声。

11. 叔孙昭子义杀竖牛

叔孙昭子是叔孙穆子也就是叔孙豹之子，公忠谋国，是叔孙氏家族的一位贤大夫。他以庶子身份而得以成为叔孙氏的宗主，这"得益"于他同父异母的弟弟竖牛。结果，他上位后却杀掉了竖牛。这样一件看上去似乎"恩将仇报"的事，却得到孔子的高度赞誉。这是怎么回事呢？

原来，叔孙穆子因避难而逃奔到齐国。在逃亡途中，曾在庚宗之邑留宿休息。庚宗的一个寡妇与他私通，后生了一个孩子，名叫牛。叔孙穆子返回鲁国以后，让牛担任内竖，内竖是宫中传达命令的小吏，是近臣。叔孙穆子还让牛负责家政。

竖牛得势后，担心叔孙穆子的两个嫡子会威胁自己的权势，于是对叔孙穆子说他两个嫡子的坏话，还唆使穆子诛杀他们二人。叔孙穆子不辨黑白，居然相信了竖牛的谗言，杀害了自己的两个嫡子。

公元前 537 年，叔孙穆子得了病，卧床不起，无法起身进食。竖牛不仅不派人照顾，竟然虐待自己的父亲，还不给他供应食物。结果，叔孙穆子竟然被活活饿死了。竖牛趁势辅佐穆子的庶子叔孙婼，使他成为叔孙穆子的继承人，史称叔孙昭子。

叔孙昭子即位后，表面上一切听从竖牛的指示，不公开反对他，其实是暗中积聚实力。叔孙昭子没有忘记竖牛的恶行，准备等待时机，一举消灭他。终于，经过很长时间的筹备，时机已然成熟，叔孙昭子召见全家人，对他们说："竖牛祸害叔孙家族，破坏正常的秩序，杀害嫡子，拥立庶子，又分割封邑来行贿以求逃脱罪责，没有比这更大的罪行了，我请求快点杀掉他。"家族一众人等也都同意。就这样，竖牛被杀了。

孔子评论说："叔孙昭子不把拥立自己看作竖牛的功劳，这对一般人来说是不可能做到的。周任曾说过：'当政的人不赏赐只对个人有私功的人，不惩罚只对个人有私怨的人。'《诗》上说：'若有正直的德行，天下四方都会归顺。'叔孙昭子就有这样的德行。"

由此，我们就明白为什么说叔孙昭子是义杀竖牛。

12. 公仪休拒鱼

春秋时期的鲁国，有一个名叫公仪休的人，他才学出众，曾担任鲁国的博士之官。博士在帝王身边服侍，以备顾问之用。

公仪休又因顾问工作做得好，在鲁穆公时被提拔为鲁国国相。他在任职期间，奉法循理，正直清廉，深得民心。公仪休的才能和品格为后人称道，有关他的许多小故事被人们津津乐道，成为传颂的佳话，公仪休拒鱼就是其一。

公仪休非常喜欢吃鱼，一国之人争先恐后买鱼送公仪休。而公仪休全都义正词严地拒之门外，从不接收。有一次，一个客人给公仪休送来了一条鱼，公仪休推辞不要。客人说："我是听说你喜欢吃鱼，所以才送你鱼，你为什么拒绝不要呢？"公仪休说："正因为我喜欢吃鱼，所以才不能要你的鱼。我现在担任鲁国国相，我自己买得起鱼；如果我因为要了人家的鱼而被免官，那么以后谁还能够再给我鱼呢？所以我万万不能接受啊。"

公仪休的弟子听闻，不解地问老师："您这么喜欢吃鱼，别人送你鱼，你为何不接受呢？"公仪休郑重其事地回答他说："正因为我喜欢吃鱼，所以才不能接受别人送鱼啊。我如果收了别人送来的鱼，一定会迁就送鱼者的行为；迁就他们，他们就可能违背法令；违背法令，我就会被罢免相位。这样，即使我爱吃鱼，他们也不一定会再给我鱼，我自己也不能买到鱼吃了。如果我不接受鱼，那就不会被罢免相位，尽管爱吃鱼，我还能够经常自己买到鱼吃。"

弟子听完老师的话，连连赞叹敬服。

（二）贤淑的鲁国女性

1. 敬姜论劳逸

鲁国有一位非常贤明的贵族妇女，就是敬姜。她是季孙氏家族公父穆伯的妻子，鲁国大夫公父文伯的母亲，鲁国权臣季康子都要喊她叔祖母。她通达知礼，德行光明。

有一次，公父文伯退朝回家，他恭恭敬敬地拜见母亲敬姜。他的母亲正在织布，公父文伯对母亲说："我们这样的富贵家庭，您竟然亲自织布，我怕季孙会认为我没有很好地侍奉母亲而责怪我！"

敬姜听到儿子这番担心，不由得叹息起来："鲁国可能要灭亡了啊！让你这样的小孩当官，怎么没有让你懂得为官的道理呢？你坐下来，我来给你讲讲。"公父文伯本来是一番好意，希望母亲不要过分劳累，没想到母亲居然上纲上线，感慨起国家的前途命运来了，不由得心有困惑。于是，就坐在一旁，静静地聆听母亲的教诲。

敬姜已经平复了激动的心情，缓缓地说出了一番道理："从前，古代的圣王安置民众居处，会选择贫瘠的土地，目的是想让百姓养成勤劳的习惯，这样国家才能长治久安。民众勤劳，就懂得稼穑的艰辛，心生节俭，这样才会生发培养善心；反之，如果民众安逸，就会放纵骄奢，则会忘记善心，生出恶意。肥沃土地上的民众不会成材，是因为他们安逸；贫瘠土地上的民众向往道义，是因为他们勤劳啊。"公父文伯听得很认真，他明白母亲知书达礼，所言所思，都是历史经验的总结，非常深刻。

接着，敬姜又拿上流社会的事例来具体分析，耐心给儿子解释道："天子、诸侯、卿大夫、士，作为国家设立的不同职位和身份，各安其分，各司其职。天子在春分时节，穿着五彩衣服祭祀太阳，与三公、九卿感知大地功德；中午考察朝政，参与处理百官的政事，师尹和众士、州牧、国相等全面地处理民众事务；每年秋分时期，天子穿着三彩衣服祭祀月亮，与太史、司灾官员恭敬地观察天象吉凶；太阳下山以后天子回到内宫，监察九嫔及女官，让她们洁净地准备好天子祭祖宗祀天地的祭品，然后才就寝。"公父文伯听完，马上问道："天子如此这般，那诸侯又如何呢？"

敬姜接着说："诸侯早晨处理天子所交付的王事命令，白天处理诸侯国的各种政务，晚上省察国家的常法，夜里警戒百官，让他们不要怠慢放纵，然后才就寝休息。""那么，卿大夫又是怎样的呢？"公父文伯一发问，敬姜就接过话茬，说："卿大夫早晨考察自身职责，白天讲论、谋划各种具体的政务，晚上依次检查白天所处理的事务，夜里处理家事，然后才就寝睡觉。"这次，没等公父文伯发问，敬姜就不停地继续讲下去："士人早晨接受政务的安排，白天讲习、处理好该做的事，晚上复习检查，夜里反省有无过错，如果经过反思而无憾，才上床就寝。如果是庶人以下，天亮就劳动，天黑就休息，没有一天可以懈息。"

公父文伯听后，又不解地问："既然如此，那您为什么还要织布呢？"母亲对他说："王后、公侯夫人、卿的正妻、大夫之妻、上士之妻等也要劳作织衣。王后亲自纺织玄紞，公侯夫人还要纺织纮，卿的正妻纺织大带，大夫之妻纺织祭祀礼服，上士之妻除此之外还要给丈夫纺织朝服，自下士以下的妻子，都要给丈夫织衣。春分祭社的时候，安排农桑之事。冬祭的时候，要献上五谷布帛。男女各献其功，有过失便要治罪，这是自古以来的制度。君子操心，小人出力，是先王之训。自上而下，谁敢放纵其心，不肯用力啊？如今的我是一个寡妇，你又在下大夫之位，朝夕勤勉处理事务，尚且怕忘记先人之业。何况你有怠惰之心，这样怎么能逃避罪责呢！我希望你早晚警戒我说：'一定不要荒废先人事业。'可是你现在却说：'为什么不自求安逸？'如果你以这种想法担任国君之臣，我怕穆伯要绝后了。"公父文伯听完母亲这一番教训，羞愧得低头不语，不免心有所思。

孔子听说后，告诉弟子要把这件事记下来，并赞美敬姜是位贤达的妇人。

2. 敬姜诫媳

公父文伯去世时，他的妻妾都非常悲痛，一个个都失声痛哭。敬姜得知此事，并没有因为儿媳们的悲痛而感到欣慰，反而非常严厉地告诫她们说："据我所知，贪恋女色的人，女人才甘愿为他去死；喜欢交友的人，士才愿意为他去死。如今，我儿子过早地死去,我很不愿意他留下一个贪恋女色的恶名声。你们如果想留下来奉祀祖先,那就不要容貌憔悴,不要痛哭流涕,不要捶胸哭号,不要满面哀容,不要加重丧服,而要减损丧服,要遵从礼仪,安安静静,只有这样才是显扬我儿的好名声啊。"众儿媳一开始并不理解婆母为何生气,当她们耐心听完之后,方才恍然大悟,觉得敬姜说得非常在理。于是,连忙整理衣服,擦拭面容,不再过度伤悲。

孔子听说此事后说,赞扬敬姜:"年轻女子不如年长的妇女智慧,年轻的男孩不如年长的男子智慧。公父氏家的这个妇人真是有智慧的人啊!剖析人情世故,减损礼仪,这是打算彰显她儿子的美好德行啊。"确实,一般人都仅靠情绪做选择,而敬姜能够深谋远虑,深刻洞察人情世故,受人尊敬也是必然!

3. 鲁义姑"退"齐师

鲁国的文化,向来崇尚礼义。不仅贵族妇女知书达礼,就连普通的村妇也深明大义。在鲁国历史上,就流传着一个"鲁义姑退齐师"的故事。

鲁义姑是生活在鲁国边境的妇女。有一次,齐军攻打鲁国。刚刚杀入鲁国境内,齐国将领远远看见一个妇女一手抱着一个小孩,一手领着一个小孩,往前拼命逃跑。眼看着齐军兵士要赶上她,她忽然把抱着的那个小孩放在地上,抱起刚刚牵着的那个小孩,又拼命往山上跑去。被丢弃的孩子,吓得哇哇大哭,一边哭着,一边紧紧地跟着跑,但那妇女只管往前跑,连头也不回。

　　齐国将领看到此情此景，感到非常疑惑，于是追上前去，把后面的小孩抓住，问道："前边那个跑的人是你的母亲吗？"小孩子忍住哭声，点点头说："是的。"齐国将领又问："那么，你母亲抱着的是你的兄弟吗？"这个小孩子摇摇头，说道："不是。"于是，齐国将领追上去，一边搭箭拉弓，一边高声喊道："站住！前面的妇人站住，胆敢再跑，就要开弓放箭了！"妇人闻听，赶紧停下脚步，转过身来。齐国将领赶上前去，问她抱的孩子是谁，扔下的孩子又是谁。妇女胆怯地回答道："抱着的这个是我哥哥的儿子，丢下的那个是我自己的孩子。我看见追兵来了，因为抱不动两个孩子，所以才丢下我自己的孩子。"

　　齐国将领听到这里，不免疑惑："孩子对一个母亲来说是最难以割舍的，若孩子有什么意外，母亲内心会非常悲痛。你为什么丢下自己的孩子，反而抱着哥哥的孩子逃跑呢？"妇人此时心情已经稍稍平复了，坚定地回答说："对我自己的儿子是私爱，而爱护哥哥的孩子是公义。如果违背公义而偏向私爱，牺牲哥哥的孩子而保全我的孩子，那么，即使我幸存，鲁国君主也不会收留我，大夫们也不会养护我，百姓也不会搭理我。这样的话，我在鲁国就是耸着肩膀也没有容身之地，叠着双脚也没有立足之地。失去了我的儿子虽然令人痛苦，但不会因此而丧失道义。所以我忍痛抛弃了自己的孩子去遵从道义，而不能抛弃道义生活在鲁国。"

　　齐国将领被她的话打动，于是按兵不动，派人对齐国君主说道："我们不要再讨伐鲁国了，大军刚到边境地带，边境的妇人都知道持节行义，不以私害公，更何况是鲁国的朝臣大夫呢？我们还是撤军还师吧。"齐国君主被他说服，答应了他的请求。

鲁义姑以其义举感动进攻鲁国的齐师，随后齐军退师，鲁国获得保全。后人为纪念这位深明大义、退敌保家乡的村妇，还为她修了祠堂，塑了泥像，起名鲁义姑祠。由于被人们普遍尊崇，鲁义姑被尊称为"鲁义神姑""鲁姑奶奶"。相传每年二月初六为义姑诞辰，四方百姓纷至沓来，修祠堂，塑金身，以感其德，流传至今。

三

高山仰止的儒家圣贤

曲阜作为东方圣地、首善之区，其最值得骄傲的"资本"就是儒家文化，儒家六圣及孔门贤哲，或生于斯，或学于斯，或长于斯，或封于斯，都与这片神圣的土地有着千丝万缕的密切关联。通过这些故事，我们可以真切感知活的中国文化精神。

（一）元圣周公

1. 周公吐哺求贤

周公，姓姬，名旦，是周文王姬昌的儿子，周武王姬发的弟弟。因其采邑在周，爵为上公，故称周公。周公是西周初期杰出的政治家、军事家、思想家、教育家，被尊为"元圣"和儒学先驱。

周武王建立周王朝以后，两年便生病驾崩。他的儿子姬诵继承王位，这就是周成王。那时候，周成王年幼，刚建立的周朝还不稳固，于是武王的弟弟、成王的叔叔周公主动请缨，辅助成王处理国家大事，代理天子职权。从成王十三岁到二十岁，周公专心辅佐朝政，忠心不二。到周成王满二十岁的时候，周公还政于成王。

周公一生的功绩被《尚书·大传》概括为："一年救乱，二年克殷，三年践奄，四年建侯卫，五年营成周，六年制礼乐，七年致政成王。"周公摄政七年，排内忧，征外患，巩固了周王朝的统治，为"成康之治"奠定了基础，深刻影响了周族八百年的统治，也对中国传统社会产生了极大的影响。

西周建立后，为巩固统治，周王在商代国家的废墟上大行分封，建立起新的封建诸侯。周初封建的诸侯，绝大多数是同姓子弟。《荀子·儒效篇》说：周公"兼制天下，立七十一国，姬姓独居五十三人"。周初诸侯除了同姓子弟，也有异姓的诸侯。这些异姓诸侯，有些是周人的亲戚，有些是归附周人的一些小国的首领。此外，先代贵族的后裔也在分封之列，如神农、黄帝、尧、舜、禹的后裔。

周公作为姬姓王族，获得鲁地。由于西周初建，成王年幼，政局不稳，周公留在洛邑辅佐成王，派自己的儿子伯禽前往鲁地就封。据《史记·鲁周公世家》记载，伯禽即将前往就封之前，周公忧心忡忡地告诫儿子伯禽说："我文王之子，武王之弟，成王之叔父，我于天亦不贱矣。然我一沐三捉发，一饭三吐哺，起以待士，犹恐失天下之贤人。子之鲁，慎无以国骄人。"

周公告诫伯禽："我的地位在国内算是很高了，是文王之子，武王之弟，成王之叔父，但是一旦有宾客来访，我就会在吃饭的时候将口中的饭吐出来、洗头的时候将头发握起来，以便赶快出来迎接宾客，唯恐失去天下的贤人。希望你到了鲁国以后，也不要因为自己身居高位而骄傲自满、目中无人。"伯禽听完父亲的教诲，连连点头称赞。伯禽在治理鲁国期间，遵父教诲，谦虚待人，爱惜人才，鲁国在他的管理下最终成为"礼仪之邦"。

三国时期，曹操的诗歌《短歌行》借用这一典故抒发自己礼贤下士、求贤若渴之心："山不厌高，水不厌深。周公吐哺，天下归心。"现在我们用"周公吐哺"来比喻身居高位的人求贤若渴、礼贤下士、谦虚待人。

2. 周公制礼作乐

公元前 16 世纪到公元前 11 世纪中叶，商邦雄踞于东亚中原地区，国力强盛，但却是一个迷信鬼神的社会。《礼记·表记》说"殷人尊神，率民以事神，先鬼而后礼"，殷墟出土的十多万片甲骨文大多是占卜问神的记录，商人生活在神灵的阴影之下。商朝末期，统治者盲目自信有天命的护佑，暴虐无道，民怨沸腾。偏处西北的周人逐渐崛起，牧野之战中，商朝士兵阵前倒戈，武王军队彻底胜利，随后建立了西周王朝。

武王弟周公亲身参加了伐商之战，殷商王朝的顷刻覆亡令周公反思：被奉若神明的天命为什么没有庇佑商纣王？周人应该如何保证国家长治久安？在"殷鉴"中，周公认识到，小邦周之所以能够取代大邑商，是得力于周人的先公太王、王季等奉行德政、勤于政事、爱民如子。而商朝后期的诸王纵情声色犬马，耽于奢侈享受，失去百姓支持，最终葬送国命。由此，在反思殷商之际的历史变革中，周公意识到，殷人并非亡于天命，而是亡于"失德"。有鉴于此，他提出了施行"德政"的政治纲领。为了确保德政的实施，周公在国家典章制度的层面上做了重大改革，并且对贵族提出了行为要求，这些崭新的制度和行为规范统称为"礼"，这就是史书所说的"周公制礼作乐"。

周公制礼作乐坊

周公制礼作乐奠定了中华礼乐文明的底蕴，是一场比武王牧野克商的意义还要重大的文化转型。周公制礼作乐的具体内容，文献没有系统的记载。王国维在《殷周制度论》中归纳为以下几个方面：一是嫡长子继承制。周公鉴于殷商王位继承纷争的教训，让武王的嫡长子成王继位，自己辅佐朝政。嫡长子继承王位的制度由此确立。这是周朝最根本的制度。嫡长子是王位的法定继承人，即使嫡长子未及即位而死，也不能立庶子，而要立嫡长孙，称为"承重孙"。这一继统法则解决了统治阶层内部的权力继承问题，有利于保证王位平安过渡，巩固统治秩序。二是宗法制度。宗法制度是以血缘亲疏和嫡庶来确定继承关系和名分的制度。这一制度确立了宗族内部相互关系的原则，对于维护宗族秩序和促进宗族团结有重要作用。三是丧服制度。所谓丧服制度，就是用五等丧服（斩衰、齐衰、大功、小功、缌麻）来表示宗族内部亲疏和宗法关系的法则，这也是殷人所没有的制度。四是庙数制度。周人对殷人的祭祀制度进行了大刀阔斧的改革，规定了各级贵族的宗庙数量：天子七庙、诸侯五庙、大夫三庙、士一庙。此外还有同姓不婚制度、采邑制度、井田制度，等等。周公还从实行德政的角度，对执政者提出了一系列道德要求，包括勤政、孝友、无逸、戒酒等德目。

周公制礼作乐是建立传统人文精神的重要开端，不仅对古代中国的政治思想有着重大影响，还深刻影响了中华民族的性格和观念。儒家的基本观念，脱胎于周公建立的礼乐制度，是华夏礼乐文明之根。

（二）至圣孔子

1. 夫子洞与圣人降生

在曲阜东南六十华里，有一座尼山。尼山脚下，有一个天然石洞。洞前立有一块石碑，上刻"夫子洞"三个隶书大字。看来，这里与孔子的出生有关。

孔子的父亲叔梁纥，祖上是宋国的公族，后来因内乱逃奔鲁国，到叔梁纥这一辈已经有四代人了。叔梁纥，姓孔氏，名纥，字叔梁，身材极为魁梧，史书记载说他身高十尺，武力绝伦，在偪阳一役中立下战功，封为陬邑大夫。他有个烦心事，就是生了九个孩子，都是女儿。后来，小妾生了一个男孩，很可惜这个孩子是个跛足，无法担负起家族继承人的使命。六十七岁的叔梁纥，正妻去世了，于是便到颜家去求婚。颜家的三女儿、年方二八的颜徵在被许配给了年迈的叔梁纥。他们二人的结合，目的很单纯，就是生男孩。可是老夫少妻，生男孩谈何容易？于是，夫妇二人经常到陬邑附近的尼山祈祷。后来，颜徵在果然有了身孕。发现祈祷有效，身怀六甲的颜徵在自然还要不断在尼山祈祷。

公元前551年9月28日，在尼山祈祷的颜徵在感到腹中疼痛，知道将要临盆生产，夫妇二人赶紧找了一个山洞。洞中恰好有一块石头比较平整阔大，就像石床一样。一阵忙乱之后，一个男婴呱呱坠地。这可是人类历史上的一个大事件，因为这个在洞中降生的婴儿不是旁人，正是后来的至圣先师孔子。

据民间传说，孔子出生之后，叔梁纥一看婴儿长得过于丑陋，以为不祥，便将之丢弃了。但母子连心，颜徵在自然不会放弃，便四处寻找。很神奇的是，山上的那些荆棘把刺都倒过去了，颜徵在在荆棘中四处寻找，也没有被刺伤。口渴了，有一口井居然被扳倒，水流出来，颜徵在喝到了水。最后，颜徵在还是在那个山洞里发现了儿子。天气炎热，不知道从哪里飞来一只老鹰呼扇翅膀，给婴儿打扇子；有一只老虎给他喂乳汁。这就是所谓的"凤生虎养鹰打扇"的传说，这个传说至今还在曲阜一带流传。

孔子三岁时，叔梁纥就去世了，剩下孤儿寡母相依为命。

2. 孔子的儿时游戏

孔子是世间的智者，更是一个凡人。他通过自己的努力，以平凡之身成就了圣贤的事业，也就是西方学者芬格莱特所说的"即凡而圣"。陈俎豆、设礼容正是他"即凡而圣"重要步骤。《史记·孔子世家》记载：孔子"为儿嬉戏，常陈俎豆，设礼容"。他做游戏时，常常摆弄各种祭器，模仿祭祀礼仪。

明版彩绘绢本《圣迹图》的第五幅《俎豆礼容》展现了孔子年少时陈俎豆、设礼容的情景。画面中间的孔子立于俎豆之前，神态愉悦。旁边有一小儿正为孔子整理衣冠，其余的儿童围绕于孔子周围，除了一个比较顽皮的孩子，其余几名孩童正向孔子作揖，还有两只仙鹤伫立在一旁。

孔子小时候就很"好学"，更有一种对于"道"的追求，甚至可以"朝闻道，夕死可矣"。孔子年少的嬉戏为孔子礼制思想的发展提供了条件。礼乐思想是孔子思想的重要组成部分。孔子生活在一个"礼坏乐崩"的无道之世，他一生孜孜以求的是要恢复周公所奠定的礼乐文明秩序。事实上，孔子认为即使是周礼也要有所"损益"。孔子对于礼的"损益"是使礼由形式化的仪式向"内在化"和"超越化"的转化。

在孔子看来，理想的政治应该是在礼乐秩序之下，通过修身让人们对于礼仪规范自觉遵守，而不是颁布一些以惩罚为主要内容的法典。面对秩序的破坏和礼制的危机，孔子想要以"正名"的方式来重建社会秩序。

儿时的"陈俎豆设礼容"为孔子思想的发展打下了基础。孔子曾自言："吾十有五而志于学，三十而立，四十而不惑，五十而知天命，六十而耳顺，七十而从心所欲，不逾矩。"孔子志存高远，加上自身努力，我们推测，他在青少年时代，应该就已经掌握了礼、乐、射、御、书、数"六艺"。这深刻影响了孔子及其思想。

3. 孔子学琴于师襄

孔子学琴的故事在《史记·孔子世家》和《孔子家语·辨乐解》里都有记载。话说孔子年轻的时候，曾向鲁国一位叫师襄子的乐官学琴，这位乐官名襄，被人尊称为襄子，师不是他的姓，而是周朝对乐官的称呼。

孔子跟师襄子学琴以后，师襄子对孔子说："这首曲子你已经弹得不错了，可以学新的曲子了。"孔子回答："不行啊，我还没有掌握它的弹奏技巧呢。"过了一段时间，师襄子对孔子说："你现在已经掌握了这首曲子的弹奏技巧，可以学新曲子了。"孔子说："但我还没有体会到这首曲子的意境啊。"又过了一段时间，师襄子说："你已经体会到它的意境，这回可以学新曲子了。"孔子却说："我还不知道这首曲子是谁作的啊。"

就这样，孔子始终在练习弹奏同一首曲子。有一天，孔子在弹奏中忽然心有所悟，他站起来眺望着远方说："我知道这首曲子是谁作的，这个人皮肤黝黑，身材修长，胸怀开阔，志向高远，除了周文王还会是谁呢！"师襄子听后马上站起来，一边向孔子行礼一边说道："你真是圣人啊，这首曲子就叫作《文王操》。"

孔子学琴时不是浅尝辄止，而是端正心态，精益求精。孔子弹琴时心意专一，人与曲合，从而豁然贯通，心有所得。由此，我们看到，孔子是通过学琴这种小事来砥砺意志，磨炼心性，而这些恰恰就是儒家修身的特点。

4. 孔子向老子问礼

孔子问礼于老子，是中国历史上的一桩悬案。这不仅是中国文化史上两位智者的相遇，更是中国思想史上两种思想的碰撞。孔子主张仁者爱人，老子追求道法自然，二人共同构成中国人的精神世界，成为中国传统思想文化的组成部分。关于孔子"问礼"于老子的记载不一，《史记》记载有两次，《庄子》记载有五次，我们推测，二人会面应该不止一次。二人的思想旨趣，既统一，又存在着分歧，由此出现了儒、道两家后学既互补又互斥的情形。

司马迁在《史记》中记载孔子生于鲁昌平乡陬邑（在今山

东曲阜东南），老子是楚苦县厉乡曲仁里人（在今河南鹿邑）。后来，孔子成为儒家的始祖，老子被尊为道学的滥觞。公元前五百余年的某一天，两位智者翩然相遇。时间，不详；地点，不详；观众，不详。但是，他们却留下一段妙趣横生的传世佳话。其中一位，温而厉，恭而安，儒雅敦厚，威而不猛。另一位，年略长，耳垂肩，深藏若虚，含而不露。

南宫敬叔与孔子一同到周国都城洛邑（在今河南洛阳）去学习礼仪。那一天风和日丽、万里无云，洛阳城外，远道而来的孔子向老子请教。孔子可能滔滔不绝地说了很多，表达了自己对当下的看法，诉说了自己对未来的期许。老子说："你所讲的这些理论，编造它们的人都死去很久了，骨头也都烂了，只剩下他们的这些话还在世间流传。时机合适，君子应该出去从政，如果时运不佳，君子就应任其自然像蓬草一样随风飘转。据我看来，一个善于经营的商人，应该把自己的财货深藏起来，就跟没有什么似的；一个有盛德的君子，应该表面看来像个蠢人一样，所谓大智若愚。你应该去掉你身上的骄气与贪婪，姿容与欲望，这些东西对你都是有害的。我想告诉你的，就是这些。"孔子回去后，对他的弟子说："鸟，我知道它会飞；鱼，我知道它会游；兽，我知道它会跑。陆地上跑的可以用网去捉，水中游的可以用线去钓，天上飞的可以用箭去射。至于龙，我就不知道能对它怎么样了，它能够乘风驾云直上九天。我今天见到了老子，他简直就是一条龙啊！"

等到孔子将要离周回鲁时，老子给孔子送行时说："富贵之人临别送钱财，仁爱之人临别则是送几句话。我不是富贵的人，只能以仁人自居，送你几句话吧。聪明睿智洞察秋毫却身陷死地的，是那些好议论人是非的人。高谈博论雄辩群口却危及自身的，是那些喜欢挑别人缺陷的人。做贤人的，做臣子的，不要太自以为是。"孔子回到鲁国后，学生们一天比一天多起来了。

老子与孔子的会面，尽管短暂，却完满完成了中国文化内部的第一次碰撞、升华，影响了此后中国思想与人类文明。这也许是他们的第二次会面，但并不重要，重要的是，此后两千五百余年的岁月中，我们将慢慢感知这场对话于中国历史、人类文明的伟大意义。事实上，关于二人的会面，《孔子家语》《庄子》《礼记》《吕氏春秋》等诸多文献都有相关记载。时光远去，短暂会面的诸多细节已不可考。但是，我们可以推测，孔子思想的形成与发展离不开"问礼于老子"。

5. 孔子太庙问礼

孔子从小就好学。这种好学的精神持续了一生。有一个小事，颇能反映孔子的好学精神。

在鲁国有一座太庙，就是今天山东曲阜的周公庙所在地。太庙在中国古代生活中居于重要地位，象征着秩序与传承。太庙的核心是供奉始祖的庙。周公旦长子伯禽就封后，在鲁国中心建太庙，以祭祀周公，是为周公庙的雏形。

孔子生于鲁国，耳濡目染受到鲁国礼文化的熏陶。孔子自幼习礼，对于礼乐十分熟稔。可是有一次，孔子参加礼仪活动，进入了鲁国的太庙。他居然什么都要问询别人，诸如礼器种类、礼仪流程、祭祀程序等等。孔子似乎没有表现出来对礼制的熟悉，反而显得还不如普通人。

周公庙

　　有人看到孔子什么事都问，就开始说闲话了："谁说陬人叔梁纥家的少年懂得礼啊？居然什么事都问。"进入太庙什么事情都问，这似乎说明孔子的知识并不渊博。面对这样的质疑，孔子很淡定地回复说："这就是礼呀。"人，不管是什么博学的人，都不可能做到凡事都懂。每个人的知识结构都是有限的。不懂就问，反映的是一种谦虚好学的精神，也体现了对事情高度审慎的态度。所有这些都是非常重要的素养，同时也是礼的内在要求。礼的一个内在精神就是谦虚。就像孔子说的"知之为知之，不知为不知"。在孔子看来，要有一颗谦虚敬畏的心，知道就是知道，不知道就是不知道，真诚对待自己的内心，才是真正有智慧的人，才能真正学到知识的本质。

6. 孔子的"七岁师"

《三字经》中说："昔仲尼，师项橐。"说的是孔子拜七岁的小孩子项橐为师的故事。

项橐是鲁国一个神童。相传有一年冬天，孔子外出讲学，在路上遇见一个六七岁的小孩，正在用泥土堆城堡玩。见到有车过来，小孩也丝毫没有要让路的意思，仍然待在他的城堡里专心致志地砌城墙。

于是孔子就走下车，来到小孩面前说："有马车过来了，你为什么不避开让路呢？难道你就不怕被撞到吗？"小孩抬起头看了看孔子，说："只听说过马车会绕着城走的，您什么时候听说过城堡要避让马车啊？"孔子一听，这个小孩非常聪明，于是就俯身下拜，尊之为师。

孔子拜七岁的小孩子为师，正反映了孔子见贤思齐的好学态度。这个故事也就代代流传，成为一段佳话。

7. 孔子观欹论道

子曰："君子不器。"君子不应局限于一器之用。同时，君子还应"藏器于身""据器以出道"，立足于具体的器物，探知其背后的内涵意蕴，启发人们的沉思，启迪生命的智慧。

有一回，孔子率弟子们到祭祀鲁桓公的宗庙里观礼，见到一件"欹器"，也就是一种倾斜易覆的器具，很有可能指改装过的汲水陶罐。这还是孔子第一次见到这样的"欹器"，不知道是什么物件，便向守庙人询问。对于宗庙中的器物，守庙人是再熟悉不过了，他回答说："这是宥坐之器。"听到"宥坐之器"，引发了孔子的回忆，自己之前是听说过的，这一器物是非常有特点的。空着的时候会歪斜，水灌到一半器物就会端正，灌满水就会倾覆。圣明的君主将此视为最高的告诫，所以常常把它放置在自己座位的右边。这时，孔子回头对弟子们说："灌上水试试看。"于是，弟子们将水灌入欹器，当水灌到中间时，欹器端正垂直了，等把水加满时，欹器就倾覆了。孔子甚是感叹，想一想，这天下的事物哪有盈满了而不倾覆的呢？

这样的情景引发了子路的思考，他想知道有没有能保持盈满而不倾覆的方法。这也是孔子想谈的话题。孔子说："聪明智慧，就用愚笨来持守；功勋遍及天下，就用辞让来持守；勇力闻达于世，就用怯懦来持守；富有四海之财，就用谦和来持守。这就是所说的用尽可能谦抑来保持盈满的办法。"

太阳东升西落，四时寒来暑往，自然界中的现象总是朝着它们的对立面转化，社会生活中的事物同样如此。盈满者定然倾覆。如何能够出离这一现象？在孔子看来，唯有主动持有"损之又损"之道，也就是以谦抑之法去保持盈满。具体言之，那便是用愚笨来持守智慧，以辞让来持守功勋，用怯懦来持守勇力，用谦和来持守财富。

8. 孔子在齐闻《韶》

孔子一生酷爱音乐，曾经访乐于苌弘，学琴于师襄，培养了极强的音乐鉴赏能力。孔子一生与音乐为伴。不管是高兴还是郁闷的时候，孔子总是要鼓琴唱歌。当然，也有特殊情况。孔子凡是遇到邻里有丧事，或者去吊唁过，他都不再唱歌。这是一种礼敬，更是一种仁爱。

孔子在三十五岁左右的时候，来到齐国。孔子在齐国最愉快、最难忘的事，莫过于他亲身观赏了《韶》乐。据传说，《韶》乐是表现大舜德行的音乐。之所以在齐国能够有《韶》乐流传，是因为陈国是舜的后代所建，保留了《韶》乐。齐桓公时，陈公子田完逃亡到齐国，为齐桓公所重。后来，陈氏势力逐渐强大，《韶》便在齐国宫廷盛行起来。

孔子在听完《韶》乐以后，居然在很长时间内品尝不出肉的滋味，他感叹道："没想到音乐欣赏竟然能达到这样的境界！"这当然是一种夸张的说法，但孔子欣赏古乐已经到了痴迷的程度，这说明《韶》乐能够使人身心完全沉浸在乐舞的动人旋律之中，如醉如痴，当然也说明孔子的音乐素养相当高，具有极高的音乐鉴赏能力。

孔子还把《韶》同周人的《大武》做了比较，认为《韶》比《大武》更好，《韶》尽美又尽善，《武》尽美未尽善。孔子曾经评价过，《韶》乐是尽善尽美的，不仅在艺术技巧上达到极高的水准，在内涵的表达上也具有极强的道德感染力。大概这样的评价就来自他在齐国曾经多次欣赏《韶》乐的亲身经历。

9. 孔子的诗礼庭训

家不仅是生活的地方，还是教育的场所。作为一名大教育家，孔子是如何教授自己儿子的呢？作为一名优秀的老师，孔子教授弟子们与儿子的内容是一样的吗？他会不会给自己的儿子开小灶呢？对此，孔子的弟子陈亢非常好奇。

一天，陈亢忍不住内心的好奇心，找到孔子的儿子伯鱼，问伯鱼："在老师那里是否听到过什么特别的教诲？"伯鱼回答说："没有呀。"看到陈亢那副根本不相信的神态，伯鱼又接着说："倒是有两次，我单独接受过父亲的教诲。有一次他独自站在庭院里，我快步从庭中穿过，被他发现，叫住我说：'你学《诗》了吗？'我惭愧地回答说：'没有。'他说：'不学《诗》，说话就不会得体。'于是，我回到房间就学《诗》。又有一天，他又独自站在庭院中，我又快步从庭里走过，他发现了我，询问

诗礼堂

55

道：'你学《礼》了吗？'我又羞愧地回答说：'没有。'他告诫我说：'不学《礼》，就不懂得怎样立身。'于是，我回去就学《礼》。"陈亢听伯鱼讲述了这一番，不禁非常兴奋，说："我提一个问题，得到三方面的收获，知道了关于《诗》的道理，知道了关于《礼》的道理，又知道了君子不偏爱自己儿子的道理。"

诗礼庭训不仅为孔氏子孙画出人生坐标，也为中华家风指明了方向。

10. 孔子怒斥季孙氏

"是可忍，孰不可忍"是我们经常挂在嘴边的一句成语。但是很多人不知道这句成语的出处和真正含义。"是可忍，孰不可忍"是孔子针对鲁国贵族僭越礼制而发出的愤怒的声讨，也反映了孔子生活的春秋时代礼坏乐崩的现实状况。

周代文化被称为礼乐文化，礼和乐是不分家的。祭祖时有一个音乐仪式，乐队要跳一种舞，叫乐舞。这个舞蹈是礼仪中必不可少的环节。但是舞蹈的规模，根据贵族级别的差异有不同的规定。天子的级别是所谓的八佾，八行八列，六十四个人的乐舞队。到诸侯降一级，为六佾，六六三十六个人。到了大夫再减为四佾，四四十六人。然后到了士，包括孔子，如果在家里举行祭祖仪式，是二佾四个人。这是周礼规定的。季平子作为大夫，乐舞只能用四佾，现在却变成了八佾，这是严重僭越周礼的行为。

不仅如此。周天子祭祀宗庙的仪式举行完毕后，在撤去祭品收拾礼器的时候，要专门唱一首歌，这首歌叫《雍》。歌中有这么两句"相维群公，天子穆穆"。意思是天子庄严又肃穆，各路诸侯来助祭。可是，身为大夫，季平子在自己家里祭祖时，竟也唱这样的歌。孔子对此极为不满。他批评说："相维辟公，天子穆穆，奚取于三家之堂？"这种天子用来祭祀的歌，怎么能够在几个大夫家里演唱呢？

面对季氏的诸如"八佾舞于庭"等等僭越行为，孔子觉得非常气愤。于是他公开指责说："八佾舞于庭，是可忍也，孰不可忍也？"意思就是说，季平子用天子八佾的乐舞队在家里祭祖，这种事情他都干得出来，还有什么事情干不出来？这种事情都忍心去做，还有什么事不忍心做呢？

礼乐的崩坏，倒真不是大家都不再使用礼乐，而是表现在贵族对礼乐制度的僭越。这是一种典型的失序，在孔子看来，后果极为严重。果然，后来季孙氏和孟孙、叔孙三家联合，将鲁昭公赶出了鲁国，让他流亡异国他乡。

11. 孔子治理中都

鲁定公九年（前 501）的下半年，五十一岁的孔子终于获得从政机会，出任中都宰。中都是鲁国西北部的一个城邑，在今山东济宁的汶上县。根据"中都"这样的称呼，大概在鲁国算是非常重要的一座城邑。孔子被委以一邑之长，类似后来的县令，职位不算高。任中都宰是孔子第一次从政，他显然得到了施展自己政治抱负和理想的实践机会。

于是，他按照自己的政治理念，开始施政。他首先制订了养生送死的礼节：不同年龄的人享有不同食物；力量大小不同的人分配不同任务；男女行路分左右各走一边；拣到遗失物品不能据为己有，制作器物不能过分刻画文饰以行欺诈；安葬死者时用四寸厚的棺，五寸厚的椁；凭依丘陵为墓；不聚土成坟，墓地不种植松柏。实行一年之后，西方各诸侯国都来效法孔子的经验。

有了这样的政绩，鲁定公于是召见孔子。鲁定公问孔子："学习您的这一套方法来治理整个鲁国，怎么样呢？"孔子毫不客气、非常自信地回答道："即使治理天下也是可以的，岂止是鲁国呢！"这之后的第二年，定公让孔子担任司空一职。孔子区别五种类型的土地，生养不同的物产，万物都获得了最适宜生长的条件，各得其所。早先，季平子把鲁昭公埋葬在鲁国先公墓区的南面，孔子挖沟将昭公和诸先公的墓地合为一处，对季桓子说："贬抑君主，同时还显示自己的罪过，是不合礼制的。现在把墓地合为一处，是为了掩饰令尊不合臣子的行为。"孔子又由司空升为大司寇，制订了法令却无须使用，因为不再有作奸犯科的百姓。

12. 孔子"诛"少正卯

历史上，在鲁城内外有多处古台，"两观台"就是其中之一。"两观台"在鲁城南门两侧，此处原有石碑两通，今存石碑刻有"两观台"几个大字，而另一通已不见踪影的石碑上面所刻的是"戮少正卯处"。碑虽然不存在了，但两观台下孔子"诛少正卯"的故事却始终活跃在历史之中。

那少正卯是谁？孔子为什么要"诛"他？少正卯是当时鲁国的大夫，说来也是位名人，和孔子一样，他在当时著书立说，广收门徒，他的思想一度在社会上传播甚广。但这位名声在外的"大学者"却算不上是位君子，甚至可以说是社会的"毒瘤"，他的思想教人自私自利，唯利是图，为了个人私欲便可以不择手段，不教人向善却教人行恶，可以说是与"仁义道德"背道而驰。

这时的孔子由于治理有方，刚刚担任鲁国的大司寇一职，主管全国的司法工作。由于少正卯的异类思想存在，当时社会渐趋混乱，人情也变得淡漠，百姓可谓是苦少正卯久矣，但人们还是对于这种异类思想趋之若鹜，不知悔改。孔子一上任便非常关注这一问题，他三番两次地派人去告诫少正卯，停止这种负面思想的传播，甚至用律法来要求他，但少正卯不以为然，仍然不知悔改。

那日，秋风乍起，尘土飞扬。在宫门前的两观台下，百姓熙熙攘攘地围成一团，人群之中，昔日风光得意的少正卯被绑缚双手跪在地上，

两观台碑

他满脸土色，两眼呆滞地看着人群，似乎在思索着什么。随着一声"行刑"，少正卯也走到了他生命的终点。孔子站在城门之上，远远地看着人群，周遭百姓无不雀跃，少正卯的门人也在恍惚中重新思考他们的思想与学问。这日，是孔子当政的第七天，孔子诛杀了扰乱政务的大夫少正卯，并陈尸于朝廷三天，以儆效尤。

子贡觉得孔子刚刚当政就先杀了人，或许有些不妥当，便一脸疑惑地去询问孔子。"坐下来吧，让我慢慢和你说。"孔子缓缓说道。

孔子说："普天之下，大逆不道的恶行有五种，像盗窃之类的罪行根本算不上。这五种，一是思想悖逆而险恶，二是行为邪僻而固执，三是言论错误而雄辩，四是记述非义的事物并十分广博，五是顺从错误的言行并加以美饰。一个人只要具有这五种思想行为的一种，就免不了君子的诛杀，而少正卯兼而有之。其行为举止足以聚徒成群，结党营私；其言谈话语足以粉饰邪恶，迷惑众人；其桀骜不驯足以自成一派，叛乱朝廷。他是人群中的大奸巨猾之人，不可以不除掉啊。"

孔子"诛少正卯"是颇见成效的，这种异类思想的源头被取缔了，这些丑恶的思想也就付诸云烟了。

13. 孔子审理不孝案

孔子担任鲁国的大司寇时，有父子二人前来诉讼。孔子没有急于审理，而是先把他们关在同一个牢房里，三个月不予审判。不久，父亲请求中止诉讼，孔子就放了他们父子俩。

鲁国执政大夫季桓子听说了这件事，很不高兴，对冉有说："大司寇孔子欺骗我啊。从前他告诉我说：治理国家，管理家族，必须先提倡孝道。我若杀掉一个不孝的人来教导民众应严守孝道，不也是可以的吗？如今，父子争讼，大司寇却把他们赦免了，为什么呢？"孔子弟子冉有把季氏的话一五一十地告诉了孔子。

孔子对冉有感叹道："唉！处在执政高位的人不推行治国大道，却要杀掉有过失的老百姓，是不合理的。不能教育民众遵行孝道，却审理他们违反孝道的案子，这才是滥杀无辜。三军大败，是不能斩杀将士的；刑狱案件不加审理，不能轻易动用刑罚。这是为什么呢？在上位的人推行教化不力，罪责不在老百姓的缘故呀。法令松弛却处罚严厉，这是残害百姓；不按时征收赋役，这是暴虐百姓；不加训练便责令成功，这是残虐百姓。在施政中如果没有这三种情况，才可以施行刑罚啊。《书》中说：'义刑义杀，勿庸以即汝心，惟曰未有慎事。'说的就是教化为先，刑罚为后。要实行道德教化，自己要身体力行率先垂范；如果这样还不行，再以尊崇贤人的方法勉励百姓；如果这样还不行，就废黜无能之辈；如果还是不行，才可以用政令威势使百姓忌惮。如此推行三年，百姓就会归于正道了。如有奸邪之人不听从教化，再以刑罚对待这种人，那么，百姓就都知道什么是犯罪行为了。"

接着孔子又说道："《诗》上说：'天子是毗，俾民不迷。'因此，虽然高扬威势却不使用，刑罚设置也不施行。如今政令淆乱，刑罚繁重，只能使百姓更加不知所措而触犯刑罚，如此再加以遏止，就出现了刑罚越繁，犯罪者越多的情况。三尺的堤岸，空载的车子不能越过，为什么呢？这是陡峭的缘故。百仞高的山岭，载重的车子可以翻越，为什么呢？这是山岭倾斜延缓的缘故。今天的社会风气慢慢变坏已久，即使有刑法的存在，百姓又怎能不违反呢？"

听罢，冉有点头表示信服。

14. 孔子的外交"战绩"

发生在春秋时期的齐鲁夹谷之会，是孔子短暂的政治生涯中的重要政绩之一。夹谷会盟上，孔子以其高超的远见、据理力争的坚定，在外交上获得了巨大成功，堪称有理、有利、有节的外交典范。

到了礼坏乐崩的春秋时代，鲁国已经失去昔日的荣耀，由原来的诸侯"班长"沦为中等国家。鲁国的东边是以大国自居的齐国，西边有不断强盛的晋国。在春秋礼坏乐崩的乱世，鲁国这样弱小的国家在夹缝中生存，必须依附于某个强大的国家。鲁国先是依附于晋国，随着齐国的强大，鲁国意识到要改善和齐国的关系。齐国也有想与鲁国修好的想法。由此，齐鲁两国决定于鲁定公十年之春在齐国的夹谷会谈。

鲁定公与齐景公在齐鲁交界的夹谷（一说在今山东莱芜）会盟，孔子担当为定公相礼的任务。之前，孔子对定公说："臣听说有文事时必须要有武备，有武事时也必须要有文备。古时诸侯离开自己的疆土，出行在外，一定配备必要的文武官员随行，请您带上左右司马。"定公听从了孔子的建议。到了会盟的地方，设置好盟誓所用的高台与席位，夯土台阶做成三级。鲁定公与齐景公以诸侯之间的简单会遇之礼相见，行揖让之礼后登上土坛。相互敬酒以后，齐国指使莱人持兵器喧哗、鼓噪，企图威逼定公。孔子一步一个台阶，迅速登上土坛，掩护定公退回，并说："士兵们，拿起武器来战斗！我们两国国君在此友好会盟，裔夷之俘竟敢动武捣乱！齐国国君不应该是这样号令诸侯的。边远地区不能图谋中国，夷狄之族不能扰乱华夏，俘虏不能冲犯盟会，军队不能威逼盟友，否则的话，于神灵是不祥的，于德行是违背的，于人是失礼的，齐侯一定不是要这样做吧。"齐景公感到惭愧，指挥着莱人退下。过了一会儿，齐国一方又奏起宫廷音乐，俳优、侏儒在鲁定公面前表演歌舞杂技。孔子快步上前，一步一个台阶，站在第二级台阶上说："平民敢有迷惑、侮辱诸侯的，其罪当斩，请右司马立刻行刑。"于是斩杀了侏儒。齐侯对孔子颇感畏惧，面露惭愧之色。

将要盟誓的时候，齐国人在盟书上写道："齐国军队出境作战，鲁国不能以三百辆战车随行，有此盟书为证来受惩。"孔子让兹无还在盟书中反击说："齐国不归还我们的汶阳，却要我们满足齐国的要求，也以此盟书为证来受罚。"齐侯打算设宴享之礼款待定公。孔子对齐国大夫梁丘据说："齐、鲁传统的礼节，您难道不知道吗？事情已经完成了，而又设宴享之礼，是徒然辛苦你们办事的官员。况且，牺尊、象尊等酒具是不出宫门的，宫廷音乐也是不能在旷野演奏的。如果在此举行宴享之礼并一切齐备，就是背弃礼仪；如果举行宴享之礼而又简单从事，就如同使用轻贱的秕稗代替谷物一样不郑重。使用轻贱的秕稗，是侮辱君主；背弃礼仪也会名誉扫地，您还是慎重考虑一下吧！所谓宴享之礼，是为了昭明德行的，不能昭明德行，就不如停止吧。"于是就没有举行宴会。

齐景公回去以后责备群臣说："鲁国的臣子以君子之道辅佐他们的君主，而你们偏偏以夷狄之道辅助我，以至冒犯了鲁国，招致羞辱。"于是，归还了以前侵占鲁国的四个城邑和汶阳之地。

15. 孔子与子游论大同

"大同""小康"的说法，今天的中国人几乎无人不知，无人不晓。关于大同理想社会的描述，来自《礼运》所记载的孔子与子游的对话。

孔子担任鲁国的司寇时，曾参加蜡祭等重大礼仪活动。作为祭祀活动贵宾的任务结束以后，他出来在门阙上游览，不禁发出了叹息声。子游正在旁边陪侍，问道："老师为什么叹气？"孔子感慨地说："大道实行的时代，和夏、商、周三代圣王当政的时代，我都没能赶上，但有相关的记载可以看到。大道实行的时代，天下是人们所公有的，选举贤能的人为政，人们践行诚信，实行亲睦。所以人们不会狭隘地仅仅亲爱自己的双亲，疼爱自己的儿女。老人安享晚年，得以善终；正值壮年的人有各自的执事，发挥各自的价值；年老丧夫或丧妻及失去父母、残疾的人都能得到供养，生活有保障。人们厌恶财货被丢弃浪费，但也不会自己私藏；痛恨力气不出于自己，但自己做事也不一定有意施惠于人。因此奸邪阴谋退隐，盗窃暴乱贼害消失，所以家里的大门无须关闭。这就是'大同'。"

孔子论"大同"的社会理想向来引人瞩目，激励着无数志士仁人为其努力奋斗，它早已沉淀为中华民族最深沉的精神追求。孔子论"大同"，论述"讲信修睦""故人不独亲其亲，不独子其子，使老有所终，壮有所用，幼有所长，矜寡孤独废疾者皆有所养"，与《论语》等书所记孔子的"博施济众""老者安之，朋友信之，少者怀之"的社会理想完全相同。

16. 孔子堕毁三都

经历阳虎之变与侯犯之乱后，"三桓"势力已显疲态，而这正给了致力于匡扶公室的孔子以可乘之机。刚刚升任大司寇的孔子乘机抛出"堕毁三都"的主张，其意在于剪除权臣势力，重树君主权威，强公室弱私门，将权力归还鲁定公。

孔子对定公说："大夫不能私自拥有武器、军队，封邑的城墙不能超过百雉，这是自古以来的制度。现在三家都逾越了制度规定，请您全部给以削减。"于是命令季氏的家臣仲由损毁三家都邑的城墙。此时，叔孙辄在叔孙氏家族中不得志，就依靠费邑（在今山东费县）的长官公山不狃发动了叛乱，带领费人进攻鲁国都城。孔子与定公还有季孙氏、叔孙氏、孟孙氏等进入季氏的宫室，登上武子台。费人进攻武子台，到台边时，孔子命令申句须、乐颀率领士兵下台讨伐，费人大败而走。

"堕毁三都"最终只堕毁了两都，成邑的高大城墙仍然岿然挺立着。此次行动中，季桓子打垮了长期盘踞在费邑的公山不狃，叔孙州仇也消除了侯犯重返郈邑（在今山东东平）的后患，在利用孔子打击家臣的目的达成之后，当孟懿子反对拆除成邑时，季桓子、叔孙州仇就不再支持孔子"堕毁三都"了，孔子的目的是将权力归政于鲁定公，"三桓"不会让孔子得逞的。孔子这一旨在打击"三桓"及其家臣势力的宏伟蓝图，最终没能实现。

17. 孔子离鲁周游

孔子五十五岁任鲁国国相后，采取一系列新政，使齐国感到恐慌。齐国担心鲁国强大后，会威胁到自己。齐国大夫黎鉏知道鲁国国君鲁定公好色，便建议齐国国君使用"美人计"离间鲁国君臣。齐国便挑选美女八十人，让她们身穿华丽服装，跳着《康乐》舞蹈，连同有花纹的马三十匹，一起馈赠给鲁国国君。鲁定公和季孙氏果然终日沉湎于宴乐，多日不上朝听政，怠于处理政务，于是逐渐远离孔子，不再信任他。

子路把这一切看到眼里，非常气愤，劝孔子说："老师，您可以离开鲁国了！"而孔子还对鲁国君主抱有一丝希望，于是说："鲁国现在将要举行郊礼，如果礼后还能将熟祭肉分给大夫们，就说明礼制还没有被废弃，我还可以留下来。"鲁定公十三年冬至，鲁国举行郊祭。根据礼制的规定，祭祀结束之后，要把祭祀所用的牺牲分赠给大夫们。结果，不知是疏忽还是故意的，孔子这一次没有分到祭肉。孔子明白，自己已经失去了季孙氏的信任和支持，在鲁国再无用武之地。

于是，孔子带着自己的弟子，离开鲁国，周游列国。离开鲁国都城不久后，先留宿在城郭外的村庄里。师已前去相送，说："先生您没有什么过错啊。"孔子说："我可以唱歌吗？"接着就唱道："那些妇人的口舌啊，可以让人外出逃奔；那些妇人的请求啊，可以使人败亡。悠闲自得啊，勉强度余生。"

随着孔子的离去，他在鲁国的改革也戛然而止。五十五岁的孔子开始了漫长的周游列国生涯。

18. 孔子辨物如神

孔子博学多闻，好古敏求，具有极强极敏锐的洞察力，以致他十分博学。当时各国遇到难解之事、难识之物，便会派人到鲁国请教孔子。因此，孔子也留下了诸多神奇的辨物故事。

季桓子令人挖井，得到类似玉质罐子的器皿，里面有只羊。他派人去请教孔子，却想考验一下孔子是否真的料事如神，便撒谎说："在费地挖的井中得到一条狗，这是怎么回事呢？"没想到孔子说："就我所听到的而言，应该是羊。我听说，山林中的精怪是夔、魍魉，水中的精怪是龙、罔象，土中的精怪是羵羊。"

吴国攻伐越国，毁坏了会稽山，得到一节大骨头，大骨头占了一车。吴王派使臣去鲁国朝聘，并且就此事向孔子请教，他告诫使臣："不要说是我的命令。"使臣做完应做的事后，就向大夫分发礼品，发到孔子时，孔子饮了一杯酒。撤去祭祀礼器后，众人欢宴，使臣手持骨头请教孔子："请问骨头怎样才算大呢？"孔子说："我听说，古时候禹在会稽山召集群臣，防风氏迟到了，禹就杀了他，并且陈尸示众，他的骨头占满一车。这样的骨头就算大的了。"使臣又问："请问守护什么的是神灵呢？"孔子说："山川的精灵，能兴云致雨利于天下的，它的守护者是神灵。诸侯中，只守社稷而不祭山川的是公侯，祭祀山川的是诸侯，他们都隶属于天子。"使臣说："防风氏守护什么呢？"孔子说："他是汪芒氏的君主，守护封山和禺山，漆姓。虞、夏、商时称汪芒氏，周时称长翟氏，现在称大人。"有客人问："人身长的极限是多少呢？"孔子说："焦侥氏身长三尺，这是身长的最小极限。最高的不超过十尺，这是身长的最大极限。"

　　孔子在陈国时，陈惠公安排他住在上等馆舍。当时有隼鸟停栖在陈侯的门庭，随即死去。楛木做的箭矢穿透了它们的身体，箭镞为石制，箭长一尺八寸。惠公派人拿着隼鸟到孔子住处去请教。孔子说："隼鸟飞来的地方离这儿很远，这是肃慎氏的箭矢。古时候周武王攻克商朝，打通了前往周边各族的道路，让他们带着各自的特产来朝贡，以此提醒他们不要忘记自己的职分。于是肃慎氏贡上楛木箭矢，石制箭镞，箭长一尺八寸。武王想要彰显他能令远方朝贡的美好德行，用以昭示后人，让他们永远鉴观，因此在箭末扣弦处刻着：'肃慎氏所贡楛木箭。'后来因为周王把它赐予大姬，大姬许配给胡公，从而箭也随之到了陈国。古时候将珍宝玉器赐给同姓诸侯，用来强化亲亲之道；将远方贡物赐给异姓诸侯，用来提醒他们不忘事周，因为这个缘故才将肃慎氏的贡物赐给陈国。您如果派有司到原来的府库中去找，就可以找到。"惠公派人找到了铜柜，里面果然如孔子所说，藏有这种箭矢。

辨物这两个字，细细读来，颇有意思，如何分辨真假，分辨善恶，分辨聪慧与愚笨等等，无时无刻不在生活中上演。能分辨事物，是经验丰富、博文广识的功劳。能坚守初心，则是明确思想、执一守一的信念。

19. 孔子的"神预测"

鲁哀公三年（前492），夏五月二十八日，司铎发生火灾。火势越过公宫，烧到桓公庙、僖公庙。

当时孔子正在陈国，陈侯同他一起闲游。路上的行人说："鲁国的司铎官署发生了火灾，殃及宗庙。"陈侯将此事告诉了孔子。孔子说："所殃及的恐怕是祭祀桓公和僖公的宗庙吧。"陈侯很是疑惑地问："凭什么知道是他们的宗庙呢？"孔子答道："按照礼制，祖宗有功德，所以不毁他们的宗庙。如今国君与桓公、僖公的宗亲关系已经终结，而他们的功德又不足以使宗庙继续保存，可是鲁国没有废毁，因此天灾加于其上。"

三日之后，鲁国的使臣来到陈国，问起这件事，火灾殃及的果然是桓公和僖公的宗庙。陈侯一脸崇敬的神态，对子贡说道："我今天才明白圣人值得敬重。"子贡回答："您明白圣人值得敬重，不如遵守他的学说和主张、推行他的教化更好些。"

20. 孔子为鲁昭公辩护

孔子周游列国期间，曾经在南方的陈国待过很长时间。有一次，陈国的司败向孔子提出了一个两难的发问："昭公知礼乎？"为何说这是一个两难的发问呢？事情还得从鲁昭公说起。

鲁昭公是鲁国第二十四任国君。公元前 542 年，鲁昭公即位，他习于威仪之节，以知礼著称。根据《左传》的记载，一次鲁昭公去晋国访问，"自郊劳至于赠贿，无失礼"。郊劳是指诸侯国君在相互聘问（相当于外交访问）期间，当一国诸侯来到对方国家时，对方国家要派卿到郊外迎接并慰劳，类似今天国家领导人互访时的机场欢迎仪式。赠贿是指访问结束要离开时，接待国要向访问国赠送礼物。贿赂在今天无疑是个反面意义的词，但在古代，贿与赂是不同的。贿是指交往过程中临别的馈赠，是合乎礼的；而赂则是指不正当的馈赠，是非礼的。所谓"入有郊劳，出有赠贿"，贿是古代聘礼中非常重要的礼仪。鲁昭公对于繁复的礼仪十分熟稔，没有出现任何差错。晋平公称赞其"善于礼"，而晋国大臣女叔齐则说："鲁侯怎么能够算得知礼呢？"他认为鲁昭公虽"自郊劳至于赠贿，礼无违者"，但这些都是一些礼仪形式，算不上礼。所谓"礼"，是"所以守其国，行其政令，无失其民者也"。鲁昭公不懂这些具有根本性的大道，仅仅执着于细微的礼仪末节，因此不能说其知礼。

确实，这位鲁昭公并不知礼，亦不守礼。鲁和吴都是姬姓国，为同姓。但鲁昭公就娶了吴国公室之女为妻。古时候"同姓不婚"是一项非常重要的礼制，可鲁昭公并不遵守。面对陈司败的"挖坑"，作为鲁国臣子，孔子必须为尊者讳，所以只能回答说："知礼。"所以，孔子走后，陈司败边向孔子弟子巫马期作揖，边悄声说："我听说君子公正无私、无所偏袒，难道像孔子这样的君子也有所偏袒吗？鲁君昭公从吴国娶了一位女子做夫人，鲁国和吴国是同姓国，便不称这位夫人为吴姬，而称为吴孟子。如果鲁君算是知礼，还有谁不知礼呢？"当巫马期将陈司败这一番背后的议论转告给孔子的时候，孔子非但没有恼怒，反而激动地说："我实在幸运啊！一旦有了过错，人家一定给指出来。"

这是典型的闻过则喜的态度。孔子一面要在公开场合为尊者讳，这是守礼。另一方面，能够对他人的批评欣然接受，这同样是尊礼。

21. 孔子师徒陈蔡绝粮

楚昭王聘请孔子到楚国去做官，孔子便去拜见楚昭王，接受礼聘，途中经过陈、蔡两国。陈、蔡两国的大夫聚在一起商议说："孔子是一代圣贤，他所批评指责的，的确都是各诸侯国存在的弊病。如果他被楚国任用，那么我们陈、蔡两国就危险了。"于是他们就派出步兵去阻拦孔子。

河南淮阳弦歌台

　　孔子一行被围困，不得前行，断粮七日，无法和外界取得联系，连一些野菜汤也吃不上，跟随的弟子都病倒了。孔子却更加情绪激昂地讲学，弹琴唱歌没有停歇。他叫来子路问："《诗》中说：'不是犀牛不是虎，沿着旷野急出入。'我的学说不对吗，为什么会落到这种地步？"子路心中有气，露出不高兴的样子，说："君子不应该受到困厄。难道是您还不够仁德，人家因此不相信我们？难道是您还不够智慧，人家因此不践行我们的主张？而且我以前听您讲过：'行善的人，上天会回报给他福祉；作恶的人，上天会回报给他灾祸。'如今您积累德行，心怀道义，做了这么长时间，为什么还会处在这种困厄的境地呢？"孔子说："你还不明白！我来告诉你：你以为仁德的人必定会被信任，那么伯夷、叔齐就不会饿死在首阳山；你以为智慧的人必定被任用，那么王子比干就不会被剖心；你以为忠心的人必定会得到回报，那么关龙逢就不会遭刑杀；你以为劝谏的人必定被听从，那么伍子胥就不会被杀害。能不能遇到明主，是由时运所决定的；有才与不才，则在于个人的品质。君子学识渊博，谋略深远，而没有碰上好时运的有很多，哪里只有我一人呢！况且，芷兰生长在深山老林里，并不会因无人欣赏而不吐露芬芳；君子修习大道树立仁德，并不会因贫穷困顿而改变节操。做或者不做，在于人自己；生或者死，在于命运。所以，晋国重耳称霸的雄心，萌生在他逃亡曹、卫两国之时；越王勾践称霸的雄心，萌生在他被围困于会稽之时。因此，身居下位却没有忧虑的人，理想就不会高远；生活长期安逸的人，志向就不会广阔，哪里知道自己的最终结局呢？"子路退了出去。

孔子又叫来子贡，问了与子路同样的问题。子贡说："老师您的学说博大精深，因此天下人不能接受您。您为什么不稍稍降低一下标准呢？"孔子说："端木赐啊！优秀的农民能种好庄稼，未必能做好收获；优秀的工匠能技术巧妙高超，但是不能保证每次都顺遂他人的心意。君子研习自己的学说，抓住大纲要领，并予以条理，尚且不一定就会被人们接受。现在不研修完善自己的学说，却只求能被人接受，端木赐啊，你的志向不广阔啊！你的理想也不高远啊！"子贡退了出去。

颜回进来，孔子也问了他同样的问题。颜回说："老师您的学说博大精深，致使天下人都不能接受您。尽管如此，老师您还是推广并实践它，我们的主张不被这个时代所用，那是各国君主们的耻辱。您有什么忧愁的呢？虽然不被接受，但是这样才显出了君子的本色。"孔子高兴地感叹说："说得如此好啊，颜家的小伙子！假如你家有很多钱财，我愿意去给你做个管家。"

22. 孔子途遇隐士

很多朋友都熟悉，李白有一句著名的诗句："我本楚狂人，凤歌笑孔丘。"这个楚地狂人的故事，记载在《论语·微子》之中。《微子》记载了好几个孔子与隐士"隔空对话"的故事。

有一天，孔子坐着马车外出，碰见一个人在他车旁唱歌："凤啊凤啊！德行衰败至此。已经过往的不可劝谏，但未来的事情仍然可以改变。算了吧，算了吧，现今的为政者们都不行啊！"孔子听见了，想下车与他见面，他却消失在人流中了。这个人不知名姓，孔门弟子只好称其为"接舆"，意思是接近马车的人。

还有一次，孔子在离开楚国叶地，返回蔡国的时候，遭遇一条茫茫大河，人生地不熟，正为如何渡河而苦恼的时候，看到旁边有两个人并肩耕作，以为只是寻常的乡野耕夫，便让子路前去询问渡口所在。这两位不知姓名的隐士，《论语》给了他们各自的"代号"，一个叫长沮，一个叫桀溺。

子路问话，长沮没做回答，而是反问道："那个在马车上，手持着缰绳的人是谁？"子路回答说是孔子。长沮又问："是鲁国的那个孔子吗？"子路回答说："是的。"长沮说："他应该知道渡口所在啊。"长沮的话里话外，透出一种讥讽。

子路又转问桀溺。桀溺也不答，反问道："你是谁？"子路说："我是仲由。"桀溺又问："你是孔子的弟子吗？"子路回答："是的。"桀溺说："天下的局势就像这滔滔的河水，谁能够改变它的方向呢？你与其跟着孔子到处逃避污浊的国君们，为何不跟随我们避世隐居呢？"

子路没有问到渡口的所在，只好回来向孔子转述二人的话。孔子听完，长叹一声："我们怎么能跟鸟兽在一起，生活在林野之中呢？我不与世人在一块，和谁在一块呢？如果天下走在正确的轨道上，我怎么会寻求改变它呢？"这就是儒家与道家、隐士的不同选择。

又有一天，孔子一行继续赶路，而子路不知何故落在了后面。他遇见了一位老者，用拐杖扛着除草器具，便前去打听："您见到夫子了吗？"老者说："四体不勤，五谷不分，孰为夫子？"说完，开始锄地。子路恭敬地在路边等候。老者倒是非常客气，留子路住宿，并且杀了鸡，做饭招待他，并叫两个儿子过来与他相见。第二天，子路辞别老人家赶上孔子，告诉了这件事。孔子说："这是个隐士啊。"于是教子路回去见老人家，老人并不在家。子路感慨道："不做官，是不合道的。长幼之间的礼节，是不能废弃的；君臣之间的正常关系，又怎么可以废弃呢？想要保持自身的清洁而隐居，却破坏了君臣关系的准则。君子出来做官，是做他应该做的事。至于自己的政治主张不能推行，那是早就知道的了。"确实，孔子师徒也知道他的道在世间不可行，但他为什么坚持呢？就是要"行其义"，也就是看当行不当行，而不考虑行不行得通。如果当行，不能因为行不通就放弃。

我们知道，隐士往往都是心怀理想，但是又不满现实而逃离政治中心，隐居在乡野山林中的高人。他们和孔子一样，都有理想。但是他们面对残酷的现实，选择了不同的人生之路。在孔子与隐士的"交锋"中，我们既能感受到惺惺相惜，也能体会到孔子的孤寂。

23. 季康子迎孔子归鲁

在孔子博物馆藏有一副《作歌丘陵图》，画中孔子乘坐牛车与弟子们偕行，鲁国使者身后带着三驾马车及一众随从，面向夫子，神情恭敬。这幅画所展现的就是孔子在卫国时，鲁国执政大夫季康子派人请孔子回国的场景。

鲁哀公十一年（前484），齐国大夫国书率兵攻伐鲁国。孔子的两个弟子此时站出来，要上阵杀敌。于是，季康子派冉求率左军抵御，樊迟为车右。但在军队行进中，鲁国军队不愿再越过壕沟迎战。一时间行军陷入困境，这时冉求没有以军令命令将士，而是在号令三次后带头跨越，结果将士们都跟着一同前进。鲁国军队因此攻入齐国军队阵中，齐军不能抵挡，大败而逃。

战后，季康子对这位征战沙场的功臣甚是欣慰，便忍不住询问一番："你打仗打得漂亮，那你这战法，是学习得到的呢，还是天生就懂得呢？"冉有回答道："当然是学习得来的。"

季康子一脸疑惑，问道："你跟着孔子学习，怎么还能够学到战法呢？"冉有明白季康子不相信孔子能够教授阵法，斩钉截铁地说："我对于战法的理解，正是从夫子那里学到的。夫子是一位伟大的圣人啊，他无所不知，文武兼通。我只是刚好听他讲过战法，但了解得还不够详尽啊。"

听了这些话，季康子对于孔子有了更多的认识，便微微一笑，又问他孔子的为人如何。冉求说："像我学到的这些用兵之道，即使能得到千社的封赏，我老师也丝毫不会贪图这样的利益。"看到季康子对孔子的情况非常感兴趣，冉求又缓缓说道："国家有圣贤之人却不能加以任用，还想求得社会的清明安定，就好比人往后退，却想赶上前面的人，是不可能实现的。现在孔子在卫国，卫君将要委以重任。自己国家有人才却供给邻国，这可谈不上是明智的。既然如此，请您用丰厚的聘礼把孔子迎接回来吧。"季康子听闻此语，十分感慨，便把这个建议汇报给了哀公，这才有了鲁国使者迎接孔子归国的景象。

孔子归鲁后，在他人生中最后五年，置身于古代的典籍与文献，积极从事整理工作与教育事业。可以说，孔子归鲁，是孔子晚年的重要转折。

24. 孔子与哀公论大婚

"大婚"是指天子、诸侯的婚姻事宜，乃是相对于平民百姓的普通婚姻而言的。在春秋宗法社会中，天子、诸侯等贵族的婚姻不仅是个人的事、氏族的内部事务，更是国家政治生活中的重要事件。在孔子与哀公的谈话中，着力阐述了"大婚"的意义与价值。

首先，鲁哀公向孔子请教："人道中最重要的是什么？"孔子认为人道中最重要的是政治。政治，首先是要讲"正"，只要君主能做到"正"，那么老百姓就能跟从做到"正"。接下来，哀公关心怎样治理政事。孔子回答说："夫妇之间有所区别，父子之间要讲亲情，君臣之间要讲信义。这三个方面能做到'正'，那么其他事物也就会相应合理了。"鲁哀公进一步追问怎样才能做好这三个方面。

孔子提出，古人治理政事，"爱人"是最重要的，要实现"爱人"，遵守礼制是最重要的，要实现遵守礼制的目的，庄敬的态度是最重要的，而最高的庄敬表现在天子诸侯的婚姻中。天子、诸侯娶亲之时，要身穿礼服亲自迎接新妇，之所以要亲自迎接，是为了对新妇表示庄敬。因此，君子庄敬是为了表示亲情，放弃庄敬就是遗弃亲情，没有亲情没有庄敬，就没有尊重。爱与敬，应该就是治理政事的根本吧！

听到这里，鲁哀公心生疑问，他认为天子诸侯穿上礼服亲自迎接新娘，礼节是不是太隆重了呢？这时，孔子十分严肃地回答，他说婚姻是两个家族的美满结合，以延续祖先的后嗣，而后嗣将成为天下、宗庙和国家的主人。这样看，纵使天子、诸侯亲自迎接也不能算是礼节太重。

接下来，孔子进一步讲述"大婚"的意义与价值。在孔子看来，如果天地不能相合，万物就不能生长。天子诸侯的婚姻，是延续万代的大事。夫妇双方在家族内部主持宗庙的祭祀之礼，可以匹配天地神明，对外搞好国家的政治礼教，可以确立君臣上下的恭简庄敬。行政举措失当之处礼制能够匡救，国家面临耻辱时礼制可以扭转时局。因此治理政事礼制是第一位的大事，礼制应该是政治的根本。过去夏、商、周的圣明君王，一定要敬重自己的妻儿，这里面是有道理的。妻子是照料家族血亲的主妇，儿子是家族血亲的后代，怎么可以不敬重呢？因此君子没有不敬重的。敬重之中，敬重自身应该是第一位的。自身是家族延续的承担者，怎能不敬重呢？不敬重自身，就是伤害家族的血亲，伤害家族的血亲就是伤害了家族的根本，伤害了家族的根本，那么，家族的支脉也将跟着灭绝。国君在这三个方面的表现正是百姓所要效法的。从自己想到百姓，从自己的儿子想到百姓的儿子，从自己的妻子想到百姓的妻子。国君做好这三个方面，那么至善的教化就能通行于天下。过去太王的治国之道就是这样的，整个国家也就团结和睦了。

从论述的逻辑上看，孔子由人道逐步深入而论及大婚：人道—政—爱人—礼—敬—大婚。从这里不难看出，孔子思考问题的终点仍然是如何治理社会，如何培养"爱"与"敬"。

25. 四子侍坐谈志向

在曲阜城南沂河之北，有着一座高大的土台，人称舞雩台，又称舞雩坛。雩，是古代求雨的一种祭祀。舞雩台就是当年鲁国求雨的祭坛。这样的祭坛，其他各国都曾经有过，但是如今只有在曲阜被作为遗址保留下来、保护起来。原因就是它与孔子发生过密切的关联。中学语文课本中曾有一篇题为《四子侍坐》的古文。这篇古文所记载的故事，是孔子与四位弟子谈论志向，便与舞雩坛有关。

这一天，子路、曾皙、冉有、公西华四个弟子陪着孔子聊天。孔子这次要与弟子们谈谈志向。于是，他带着鼓励的眼神，环视了四个弟子一遍，说道："首先声明一下啊，不要因为我年纪比你们大一点，你们就不敢在我面前说话了。你们不是成天嚷嚷着没人了解自己吗？假如有人要了解你们，你们打算怎么做呢？"

四子侍坐言志

听到这里，性格率直的子路抢先回答说："假如一个拥有一千辆兵车的国家，夹在其他大国中间，常常受到别的国家侵犯，而且还可能闹饥荒。这样的情况，如果让我去治理，只要三年的时间，就可以使人们勇敢善战，还能懂得道义。"孔子听了，微微一笑，没有评论。

孔子扭头又问冉求。冉求为人谨小慎微，他回答说："如果一个有面积六七十里或五六十里的国家，让我去治理，三年以后，就可以使百姓饱暖。至于这个礼乐教化，就要等君子来施行了。"

孔子又问公西华。公西华更谦虚，答道："我不敢说能做到，而是愿意学习。在朝聘事务中，或者在同别国的盟会中，我愿意穿着礼服，戴着礼帽，做一个小小的赞礼人。"

四人之中，还剩曾皙没有回答。当师生都在谈礼志向的时候，他在那里弹奏着乐器瑟。这时，听到孔子点名，只好慢慢停下演奏，铿的一声把瑟收住，起身回答说："我想的，可能和他们三位说的不一样。"孔子说："那有什么关系呢？也就是各人讲自己的志向而已。"曾皙抬起头来，缓缓说道："我的理想是，春暖花开的暮春三月，已经穿上了春装，和五六位成年人、六七个少年，到城南沂河里洗洗澡，再到舞雩台上吹吹风，然后一路唱歌快乐地归来。"听到曾皙的这一番话，孔子不由得感慨一声，说道："我赞成曾皙的想法啊。"

曾皙非常关心老师怎样看待子路等三人的志向。孔子说："也就是各自谈谈自己的志向罢了。"曾皙问："夫子为什么要笑仲由呢？"孔子说："治理国家要讲礼让，可是他说话一点也不谦让，所以我笑他。"曾皙又问："那么是不是冉求讲的算不上治国理政呢？"孔子说："哪里见得方圆六七十里或五六十里的地方就不是国家呢？"曾皙又问："公西华讲的算治国理政吗？"孔子说："宗庙祭祀和诸侯会盟，这不是诸侯的事又是什么？像公西华这样的人如果只能做一个小相，那谁又能做大相呢？"

我们知道，子路和冉有都是孔门四科之中"政事科"的弟子，具有非常强烈的入世倾向和政治才干，也得到过孔子的称赞和肯定。不过，两人的志向或者倾向还是有所差异，子路的本事在于训练军队，保家卫国，同时培养国民的勇气和斗志。而冉有则注重赋税财政之类的行政事务。公西华不在孔门四科之中，但他擅长礼仪。曾皙一般被视为孔门中的"异类""狂者"，因此其志向与众不同。

其实，孔子的四位弟子各论志向，目的并不在于比一比谁的志向更胜一筹，他们共同勾画出一幅儒家治国理想的完整场面，那正是国泰民安、丰衣足食、礼乐兴盛，进而天下大治。要实现这样的目标，离不开必要条件，如百姓的安全、衣食要有基本的保障，子路的保家卫国、冉求的富民志向可以实现这样的目标；还要有充分条件，那就要在丰衣足食的基础上，通过礼乐来教化人心，这正是公西华所擅长的。若是这一切都可以实现，人们就不用终日劳苦奔波，流离失所，便可以在暮春时节，迎着春风，与弟子、朋友，还有家中的少年儿童们，在舞雩台畅游，哼着小曲回家。曾皙所描绘的恰恰是一种太平盛世的日常生活。看似稀松平常的生活，背后恰恰是国泰民安的社会环境。所以，通过四子侍坐谈志向，我们也可以了解孔子基本的愿景了。

26. 孔子斥骂原壤

孔子是个怎样的人？在很多人看来，历史上的孔子是和蔼可亲，循循然善教人的谦谦君子形象。事实上，孔子偶尔也是有脾气的，也会对旁人批评教育，只不过与常人不同，孔子对于身边弟子与朋友的批评，更多的是善意与关怀。

原壤就被孔子骂过，原壤也是鲁人，是孔子的发小。孔子骂宰予是因为他在大白天睡懒觉，骂子路是因为子路鲁莽而粗野，而骂原壤则多是因为他的轻浮无礼。

孔子周游列国回国之后，有一次去见原壤。孔子到了之后，发现原壤却坐在地上，还岔开着双腿。这种坐姿在古代称为"箕踞"。今天我们看来似乎不足为怪，但在当时，人们的着装与坐姿习惯与今天迥乎不同。当时人们衣裳相连，且当时中原人还没有发明裤子，更不要说内裤。当时没有高家具，所以都是席地而坐。当时的正坐，是跽坐，就是膝盖和小腿在席上，臀部压在后脚跟上。向前伸开双腿，像簸箕一样坐着，很不雅观，且显得粗俗无礼。

刚才还迫不及待地想见到老朋友的孔子，见到如此场面，气不打一处来，就一边用手杖敲他的小腿，一边说："你这人啊，年幼的时候就不懂得谦逊和孝悌，长大了又没有什么值得称道的成就，到老了还活得怪健壮，也不早早死掉，真是个害人精啊。"正因为此，"老而不死是为贼"这句话在后世成为广为流传的俗语。

孔子和原壤的关系非同一般，从小一起成长起来的，所以孔子对老友故交没有客气，直接骂了起来。原壤不是第一次惹孔子生气了。往前推几十年，在原壤的母亲去世的时候，孔子一方面是礼仪专家，一方面又是老朋友，因此带着弟子去原壤家帮忙整治棺材。但是原壤的举动让人十分不解，他竟然敲着他母亲的棺木唱歌。作为守丧之人，在自己母亲的葬礼上，竟然做出这种举动，是无礼，更是不孝。在这种特殊的场合，孔子没有说什么便悄然离开。

孔子一生都很推崇"礼"，但是孔子的这位老朋友原壤却过于洒脱，过于随性而发。斥骂原壤，其实也是孔子推崇"礼"的一个缩影。

27. 孔子批评管仲

春秋之际，管仲可谓是家喻户晓的人物，孔子在《论语》中也多次提到他。在孔子看来，管仲是可以称为"仁"的。但就是这样一位贤人，却被孔子批评为"不知礼"，不免让人感到有些匪夷所思。

对于管仲的为人，《论语》中有这么一段孔子的评述："管仲之器小哉！"在孔子看来，管仲的器量很小。管仲可是贤人啊，为什么孔子会给出这样的评价？这就引起了旁人的疑惑，继续问孔子："那管仲俭约吗？"孔子回答道："管仲有三处府第，他手下的办事人员也从不去别处兼职，怎么能算得上俭约？"旁人又问孔子："管仲知礼吗？"孔子便将他违礼僭制的例子一一道来，回答说："国君树立塞门，他也树立塞门。国君为了与友邦国君交好，设立反坫，结果他也设立反坫。如果说管仲知礼，还有谁不知礼呢？"塞门是古代立在门前的屏风，反坫是周朝诸侯间用于外交的平台，要知道，这都是只有君王、诸侯才能修建的，身为大夫的管仲却一样不差都学来了，不知道的还以为管仲也是诸侯呢。在孔子看来，管仲身为人臣，却处处不以人臣自居，"有三归""官事不摄""树塞门""有反坫"，这处处都表现出管仲是不知礼的。

孔子对管仲的批评并不止一次。有一回，子贡请教孔子："管仲与晏子二人的过失如何衡量？"孔子回答说："管仲作为大夫，盛粮食的簋雕刻花纹，系冕的带子使用天子才能使用的朱红色，大门前树立影壁，堂上两楹之间设置放回空酒杯的土台，屋顶上有雕刻成山形的斗拱和绘有水草纹的梁上短柱。生活起居处处不合礼制。作为贤大夫，就算为国家发展做出了重大贡献，但这样做，也会使居于他上位的君主为难啊。"显然，孔子对管仲的做法不以为然。

孔子对于管仲的评价是客观的，这两次对其"不知礼"的批评只是就事论事，并没有改变孔子对于这位历史伟人的肯定与赞颂。其实，孔子曾经给予管仲很高的评价，说他"仁也"，又以"如其仁，如其仁"来肯定他的仁德。那么，这样一个虽有旷世功业，但连礼都不遵守的人，能算得上是"仁"吗？"仁"与"礼"都是孔子思想中的重要内容，提到它们二者的关系，既有"克己复礼为仁"，又有"人而不仁如礼何"，所以二者不能完全放置在固定的角度来看待。

在诸子争相立业著书时,每个学派都有着自家不同的主张,管仲不是儒家,虽然管仲"不知礼",但是他所取得的成绩是足以被称为仁德的。

28. "贴心"的孔子

我们知道,孔子是位典型的"山东大汉",身高"九尺六寸",站在人群之中,显得非常高大威猛。这样的"猛男",其实是一位十分"贴心"的"暖男"。孔子倡导仁爱和礼敬,他不但这样说,更这样做。孔子对人充满仁爱和善意,处处尊敬别人。

春秋时期,政府设有专门的乐官,这一职位一般由盲人充任。有一天,有位名叫冕的乐师来见孔子,到了孔子府上,乐师还未入门,便连忙向内问道:"敢问仲尼先生在家吗?"孔子听到通报,赶紧出来迎接。

孔子看到师冕手里拄着拐杖,一杵一行,趔趔趄趄,行走很是缓慢。孔子见状,便疾步上前,急忙说道:"您别急,慢慢往前走。"孔子轻轻地搀扶着乐师,进门。走到堂下的台阶前,孔子一边扶着师冕,一边温馨地提醒道:"您可当心,这个地方是台阶。"乐师连忙说:"您不必这么客气,我一个人也无妨。"不过,孔子还是小心翼翼地搀着师冕登上台阶,走入堂中。那个时候,没有高坐具,人们都席地而坐。将单层或多层的席子铺在地上,前面安置着不高的几案。将师冕引导到他的座席旁,孔子又朗声说:"这是座席,您请坐。"乐师再次谢过孔子，放下拐杖，脱掉鞋子，俯身将宽大的衣服撩起，双膝着席，足底向上，缓缓坐下来，又整理了一下自己的衣冠。此时，堂内有不少的嘉宾，大家也都起身相迎，寒暄一番，待师冕落座，大家也纷纷安坐。

待大家都安坐下来，孔子便向师冕介绍堂内的各位宾客，某某人在这里，某某人在那里。师冕这才搞清楚在场的人物，也知道了他们的方位，开始与他们一起交谈。与他们交谈时，虽看不到具体的画面，但仍然显得非常自然。

孔子悉心照料乐师，生怕师冕由于身体不便而有所不适，一直到将师冕送别离去，孔子才放下心来。师冕走后，孔子的弟子子张感到非常困惑：为何师冕到来，老师这么细心周到，唯恐其有一点不适，以孔子这等身份，完全可以吩咐弟子去做，何必如此亲力亲为呢？于是，子张走上前，深施一礼，向孔子请教："老师，难道这就是与乐师谈话交流的方式吗？"孔子应声回道："对啊，这本来就是理应帮助乐师的方式啊。"对于盲人乐师，孔子是那么悉心、温暖，而又亲切、自然，或许这就是孔子最本真的为人之道。以至于一千多年后的明代大儒薛 都颇为感慨："读了这一章，孔子的圣人气象，那种从容真诚真让人在千年之后依然感动敬佩。"为什么呢？在薛瑄看来："我们一般人，见了尊贵的人往往会敬畏，见了和自己差不多的人敬意就减弱，而见了比自己地位低的人，往往就会傲慢。但是，孔子对人对己、对上对下，都是一片诚敬之心。"确实如此，认识一个人，最直接的方式便是从他日常行事的细节入手，行动是心性最直观的反映，往往细节才见人心。

29. "会养生"的孔子

很多人觉得孔子对于饮食特别讲究，毕竟他曾经说过"食不厌精，脍不厌细"的话。很多人把这句话理解为粮食不嫌舂得精，越精细越好，鱼和肉不嫌切得细，越细致越好。在这样的理解中，似乎孔子十分在意物质与饮食的享受。其实，这多是人们的理解出现了偏差。其实，孔子向来不重视口腹之欲，他追求的是"谋道不谋食"，人应该致力于道义的追求，而非衣食的享乐。他告诫弟子们，如果读书人立志求道、弘道，但是却以吃不好、穿得差为耻，这种人就不值得和他谈论道。他自己确实也践行着这样的信念。他的生活朴素而简单，"饭疏食饮水"，然后弯起胳膊当枕头，也乐在其中。孔子与他的得意门生颜子所追求的是卓然精神境界与精神享受，绝非这类简单的饮食口欲。这才是"孔颜之乐"的实质。所以，"食不厌精，脍不厌细"是说，吃饭不要过于追求精，食肉也不要过于追求细。

当然，孔子不追求饮食的精美，却十分注重饮食卫生，在他所谓的"八不食"准则中，可以说蕴含着养生的智慧。

什么是"八不食"？食物放得时间长了，就会变质，这样的食物就不吃。鱼和肉放坏了，也不能吃。食物颜色不新鲜，不吃。产生难闻的气味，不吃。不到季节的食物，也就是现在所谓的反季节食品，不吃。切割得不正的肉，不吃。没有合适的调料搭配的肉，不吃。即使桌上肉食很多，吃的量也不能超过主食。饮酒虽然没有确切的限量，因为每个人酒量都不一样，也不能喝得过量，不能醉酒失态。古时的食品安全措施并不完备，如果是从市场买来的酒和腊肉，卫生得不到保障，也不吃。姜是种好东西，要常备姜食，但也不要吃得太多。

孔子所讲的"八不食"是对人们日常饮食的细致关怀，是养生的智慧，但归根结底，彰显的是孔子一种遵守礼制的严谨生活态度。

30. 孔子老而好《易》

学无止境，终身学习，在孔子身上有着最真切的呈现。孔子自己非常自信地说，在只有十几户人家的小地方，可能会有像我一样诚实守信的人，但是在好学方面，却没有人能赶得上我。这恰恰说明，孔子从来不以道德家自居，他所自信的只是自己的好学精神。我们所熟知的典故"韦编三绝"，便是其中一个例证。

孔子生活的时代，还没有发明纸张，书籍都是写在竹简上，然后再用熟牛皮做绳子编连起来。由于体量较大，运输较为笨重，所以才有"汗牛充栋"的说法。孔子老年对《周易》发生了浓厚的兴趣。他勤读《周易》，到了极度痴迷的程度，在家里就把《周易》放在席上，出门在外就把《周易》放在书袋里随身携带，经常翻阅，读得多了，以至于编联竹简的皮绳都多次脱断。足可见孔子对于《易》的爱不释手，下功夫之深。可以想到，在孔子晚年无数的日日夜夜，这位好学的老人在微弱的灯光下翻动着书简，时而欣喜，时而沉思，眼中所见与心中所想，都是这《周易》。

弟子们对孔子如此痴迷于《周易》十分不解，尤其是子贡更是不能理解。有一天，子贡看到老师又在那里翻阅《周易》，聚精会神，心无旁骛，他实在按捺不住心头的疑惑，便走上前去，朗声问道："老师，您过去老是教育我们，没有德行的人，才会对神灵之事趋之若鹜；缺乏智慧的人，才会沉迷于卜筮。我们都谨遵教诲。为什么您老了老了，却有违早年之教，反其道而行之，自己沉浸其中，不能自拔呢？"

确实，《周易》最初就是一本卜筮的书，人们用它来预测未来、解决犹疑。孔子起初也只把《周易》看作卜筮之书，虽然孔子本身也算得上卜筮高手，"百占而七十当"，预测的命中率很高，但他并不主张卜筮。孔子晚年，在鲁国无法施展自己的政治理想，郁郁不得志，便带领弟子周游列国，直至老年才回到故国。正是周游列国的这段艰苦的经历，使得孔子对《周易》有了全新的认识。孔子在《易》中发现有古代圣王周文王的遗教。于是，风烛残年的孔子不由得感慨："如果上天能多借给我几年时间，让我从五十岁的时候就开始学《易》，那我后来就不会犯下大的过失了。"

孔子见子贡困惑不解，赶紧解释道："哈哈，你们不要误会，以为我沉迷于卜筮。和那些负责占卜的巫史不一样的是，我发现了《易》当中蕴含着先王的智慧，隐藏着道德的法则。我喜欢的是这些，怎么能与那些巫史一样呢？我和他们是同途而殊归啊！"随后，孔子跟子贡一五一十地讲了自己学习《周易》的体会。子贡听闻之后，恍然大悟，于是感慨不已，赞叹道："老师关于经典文献的想法，并不算难得，我们都经常听；但是老师谈论人性和天道的高论，我们在别处是听不到啊。"

"韦编三绝"所表现的，是孔子那种一心向学、勤奋刻苦的治学精神，并影响了一代又一代的后世学人。"凿壁偷光""燃薪夜读"，这都是好学之人留下的青史佳话。读书有百法，反复推敲，领会其中深义，不失为一上乘法则。如果从孔子与《易》的结缘来看，"韦编三绝"彰显的也是人对于真理往往求而不得，只有不断尝试、不断思考才能领会其中的大义所在。

31. "西狩获麟"与"《春秋》绝笔"

孔子晚年，迭遭打击。自己最为看重的弟子颜回不幸早逝，自己的儿子孔鲤也先自己而去。但是在周游列国，知道"道不行"的情况下，孔子还是没有停止杏坛弦歌，没有停下手中的笔。杏坛讲学，是他希望对弟子们讲道。而笔耕不辍，则是通过作《春秋》来寄寓自己的政治理想，留给后世。然而，在公元前481年，一件鲁国边陲发生的事件，让孔子陷入绝望之中，最终放下了手中的笔。是什么事件呢？

在鲁哀公十四年（前481）的春天，鲁国大夫叔孙氏手下有一个叫子鉏商的车夫，在大野泽砍柴。在荒草密布的树林中，他抓到了一头极其罕见的野兽，众人议论纷纷也不知为何物。鉏商担心这野兽会伤人，只好折断了它的左前脚，把它装在车上运回了国都。叔孙大夫见到这个奇怪的野兽，以为是不祥之物，便命人将它丢到城郭之外，并派人告诉孔子说："有只像獐子的动物，但是长着角，是什么啊？"这时孔子心头一惊，似乎已经有了答案，他暗暗告诉自己："不可能，这绝不可能。"孔子急匆匆赶去查看，一路上失魂落魄，等到他走进，看到了这只野兽，孔子所有的希望都破灭了，一时无语。他抬头望向天际，夕阳缓缓落去，毫无生气。孔子扭过头看了看这只受伤蜷缩的野兽，对众人说道："这是麒麟啊！"说罢，他潸然泪下，喃喃自语道："你为什么要来这里呢？为什么要来这里呢？"随后，他用衣袖擦拭着脸上的眼泪，泪水把衣襟都打湿了。叔孙大夫听说后，就命人把麒麟运回了府邸。

西狩获麟

子贡站在孔子旁边，看见老师竟然如此悲痛，不解地问道："老师，您为什么哭泣呢？"孔子说："麒麟的出现，本来是圣王将要出现的祥瑞。可是，它一出来，便受到伤害，说明它出现得不是时候啊。我为此而伤心啊！"

麒麟，在上古时代，与"龙、凤、龟"合称为"四灵"，是祥瑞之兽。它的出现，昭示着祥和，预示着盛世的降临。可是，当时的鲁国，政治紊乱，君不圣明，权臣把持朝政。麒麟出现，却遭到伤害，所以，年过七旬的孔子，见此情形不由得悲愤慨叹。表面上是感慨瑞兽被残杀，实则是感慨当时无道黑暗的社会现实。在这之前，这位老人已经接连受到了多个打击，如今就连自己苦苦追求的"道"也见不到结果了。他终其一生追求的政治理想，始终未遇明君，救世之道无法施行，孔子难免悲从心生，便发出了"吾道穷矣"的慨叹，并且自此绝笔，《春秋》也就终止于鲁哀公十四年。

32. 孔子的"曳杖歌"

公元前479年的一天清晨，已是风烛残年的孔子背着双手，拖着拐杖，在家门口漫步徘徊。看着门口路旁的草木，孔子似乎若有所思，忽然高声唱起歌来："泰山其颓乎！梁木其坏乎！哲人其萎乎！"歌声中充满了哀伤，听上去格外凄凉。老人唱完之后，便挂着拐杖，慢悠悠地走上堂去，对着门坐下。

听到孔子凄婉幽咽的歌声，子贡心中顿生不祥之感："老师这是怎么了？怎么说出这样的话呢？"心中焦虑不安，喃喃自语道："如果泰山崩坠了，那我们将来仰望什么？如果房梁折断了，那我们将来依仗什么？如果哲人病逝了，那我们将来效法什么？老师大概要生病了。"便快步赶到孔子堂前，走上前来，问个究竟。

孔子看到子贡急匆匆跑过来,知道自己的歌声惊扰了弟子,但此时他心中依然十分悲切,对子贡叹息一声,说:"端木赐呀,你怎么来得这么晚啊?"子贡心疼地看着白发苍苍、皱纹堆累的孔子,发现老师已垂垂老矣,不禁哽咽起来。孔子缓缓说道:"这天下无道已经太长时间了啊!世上没人听从我的学说。昨天晚上我做了一个梦,梦见自己在堂前两楹之间接受祭奠。夏朝,人死了会停灵柩于东阶,周朝,人死了会停灵柩于西阶,而商朝,人死了在两柱之间停灵柩。昨天晚上我梦见我在两柱间坐着,接受祭奠。而我就是殷人的后代啊。"听闻孔子这番说梦,子贡茫然若失,竟不知怎么安慰老师。就在这时,他又听孔子喃喃道:"圣明的君王不出现,那么天下谁能尊崇我的学说呢?也许我快要死了吧!"不想一语成谶,孔子果然一病不起,七天后就与世长辞。

33. 孔子的葬礼

鲁哀公十六年(前479),七十三岁的孔子溘然长逝,告别了他为之奋斗了一辈子的人间。

孔子去世,弟子们个个悲痛不已,真是"如丧考妣"。根据礼制,要有孝子行丧葬之礼,安葬去世的父母。可是,孔子的儿子孔鲤却在几年前就先孔子而去。孔鲤的儿子孔伋此时尚未成年,也无法承办丧葬之礼。看来,安葬孔子之礼,只能由弟子们来完成。然而问题是,历史上从来没有过弟子为老师行丧葬之礼的先例,这不禁让孔门众弟子产生了困惑。

此时，孔子最看重的三个弟子，颜渊和子路也已经去世，只剩下子贡。大家都渴望子贡能够拿个主意。于是，年轻的弟子纷纷请示子贡。子贡想了想，说："从前，颜回去世，老师为颜回办理丧事，如同为儿子办理丧事一样，但不穿丧服，对子路也是这样。那么，反过来，现在老师去世了，我们为老师服丧也要如同儿子给父亲服丧之制。但是，师生没有血缘，所以可以不必穿斩衰的丧服，算是心丧。"众弟子一听，觉得合情合理。确实，孔子和弟子们之间虽然没有血缘关系，但他们之间亲密无间，形成了一种拟血缘亲的关系。正是这样的一种关系，为后来中国人确立师生伦理濡染了底色，确立了基调。

　　于是，孔子的众弟子们都穿上吊丧之服，系上麻带。外出的时候，就只系麻带。子夏说："在家里系上麻带，出门时就不必系了。"子游说："我听老师讲过：为朋友服丧，在家时系麻带，外出就不必系了；为自己尊敬的人服丧，即使系着麻带出去，也是可以的。"

　　孔子的丧礼既简单又隆重，既符合礼节，又符合孔子的身份，表达着弟子们的哀思。在整个丧葬之礼中，娴熟礼仪的公西华负责相礼。孔子的遗体口含粳米和三贝，穿着十一套衣服，外加一套朝服，头戴章甫之冠，佩戴着直径五寸的象牙环，用苍艾色的丝带系着。四寸厚的桐木做成内棺，五寸厚的柏木做成外棺。出殡时柩车上布置了覆棺的布帷，设置了棺柩外的翣扇，设置了披具，这是按照周人的礼仪；设置了崇牙，这是遵循殷人的礼仪；用白帛缠绕旗杆设置了魂幡，这是袭用夏人的礼仪。孔子弟子对老师的丧葬，兼用三代君王的礼仪，一方面是为了尊师，另一方面也是为了保全古代的礼仪传统。

孔子去世后，被安葬在鲁国都城北、泗水之阴。孔子的地穴很深，但深不及地下水。地上的坟墓封土，修筑成仰斧的形状，高四尺，在封土上种植了松柏作为标记。孔子的去世，引起了广泛的关注。有人在燕国闻讯，竟千里迢迢赶来观礼，住在子夏家里。子夏对他说："我们这是普通人安葬圣人，不是圣人安葬普通人，您何必前来观看呢？"燕人当然是仰慕孔子，知道孔子重视礼仪，他的葬礼必有可观之处，是非常值得现场观瞻的。子夏接着劝说道："从前我老师说过：我见过修筑的坟墓封土像夏屋的，也见过像斧子的。他赞同那种像斧子的，也就是民间俗称的马鬣封。如今我们为老师筑坟，一天中也只换了三次板来筑土，就完成了封土，我们之所以这样修筑封土，是大致遵行我们老师的想法罢了。有什么值得参观的啊！"但是，孔子的葬礼还是引起了众人的围观，引发了不小的轰动。

孔子墓

根据礼制，父亲去世，儿子要守丧三年。守丧之时，要在墓旁搭建草庐，头枕土块，不能锦衣玉食，不能听乐。既然确定了为老师服心丧三年，弟子们也都在墓旁搭建草庐，虽没有穿丧服，但心里都很悲伤。三年之丧结束，因为很多年轻的弟子要去找工作，便相互揖别，告辞走了。也有一些弟子留在当地，但同样需要找事做，也告辞走了。只有子贡在孔子墓旁又守孝三年。

此后，众弟子和鲁国人住在孔子墓旁而安家的，有一百多户，因此他们命名居住的这个地方叫"孔里"。

（三）复圣颜子

1. 箪食瓢饮的颜子

提起颜回，最为人熟知的莫过于"箪食瓢饮"的陋巷故事。颜子是孔子最为得意的弟子，但是生活清苦，二十九岁就头发全白了。

孔子曾经发出无限的感慨："贤哉回也！一箪食，一瓢饮，在陋巷，人不堪其忧，回也不改其乐。贤哉回也！"孔子赞美颜回的品质高尚！每天的饮食，就是一小竹筐的饭，一瓢冷水，住简陋小巷中的简陋的房舍。这样清苦的生活，是没有几个人能忍受的，但颜回并没有因此而改变他好学求道的乐趣。后人据此概括出"箪食瓢饮"一词，更由此衍生出宋明儒家津津乐道的"孔颜乐处"，成为儒者生命境界的一种极高状态。

据说，颜回家在城外有着几十亩田地，但也只是勉强维持饱腹而已。颜子全部的精力放在了对孔子之道的学习上，因此对物质生活并无太多要求。虽然生活清苦，但却不以为意。其实，只要翻看历史，就会发现一个现象：古来成就大事业的人，大都是那种具有高度使命感、事业心的人。不论外在的环境如何变幻，不管生活条件多么艰苦，始终能够坚守初心，矢志不渝。正如宋词所谓"衣带渐宽终不悔，为伊消得人憔悴"。孔子说："朝闻道，夕死可矣。"把理想的追求、信念的坚守，视为最重要的事，这正是一切理想主义者的共同写照。而颜子这种"箪食瓢饮，不改其乐"的精神，正是这一群体的精神素描。

陋巷故址碑

古往今来的人们，都会承认颜子是孔子最得意的弟子。为何孔子在三千弟子之中，独独欣赏颜回，甚至赞不绝口？这绝非颜子的"听话""乖巧"，而是颜子所展现出来的"乐道"的信念和毅力。在这一点上，颜子是最接近于孔子的。孔子曾经自述说："疏食饮水，曲肱而枕之，乐亦在其中矣。"吃粗粮，喝冷水，弯着胳膊当枕头，从中也可以感受到快乐。

想必颜子"箪食瓢饮"所获得的心理体验与孔子"曲肱饮水"所得到的快乐也是相通的。毫无疑问，颜子"箪食瓢饮，不改其乐"，这一不重外在物质、一心向学求道的超然追求，离不开孔子的言传身教。颜子所学，既是孔子所述的尧舜三代文化，更是孔子毕生躬行的道德实践。在贫苦穷困的环境中，颜子始终怀揣着大志向。他也想"得小国而相之"，将仁政真正付诸实践，却终究未能如愿。但是颜子的德行与好学在后世却成为人们共同的人格向往与价值追求。

因为孔子的赞美，"箪食瓢饮"和"陋巷"，也成为安贫乐道的象征。唐代权德舆有诗句云"二纪乐箪瓢，烟霞暮与朝。"陆游诗中有"平生师陋巷，随处一欣然"，苏辙也感慨"佳节萧条陋巷中，雪穿窗户有颜风"。"陋巷"也成为一众读书人安于贫穷，向往清高生活的精神栖居。所以，为了纪念颜子，在今天的曲阜城内，孔府东边、颜庙南侧，还有一条"陋巷"。那是一条青砖石板的小巷子，巷口立着一座石坊，上书"陋巷"二字。透过斑驳的石坊，我们似乎又看到了两千年前居住于此的那位箪食瓢饮的颜子。

古人常说，人生不如意事十之八九。当我们处于逆境之时，颜回箪食瓢饮的故事，无疑会给我们带来一种精神的激励，让我们能够泰然处之，努力完善自身，这样才能获得生命的圆满，也为走出困境创造条件。

2. 颜子闻一知十

作为历史上创办私学的第一人，孔子的弟子据说有三千之众，其中贤者就有七十二人。在这个大"班级"之中，学生们出身不同、性格不同、志趣不同，但都共同向往孔子的思想学说。那如果要问弟子中谁学得最好？毫无疑问，答案应该是"颜子"。作为七十二贤之首，《论语》中有多处孔子表扬颜子的地方。

有一次孔子当着子贡的面，问道："赐啊，你觉得你和颜回哪个更强一些？"子贡和颜回年纪相仿，只比颜子小一岁，但是对于自己和颜子谁更优秀，子贡明显心里是有答案的。子贡看了看孔子，没有犹豫，一脸认真地回答说："老师，我怎么敢和颜回比呢？他得知一件事，就可以推知十件事。而我得知一件事，也就只能推知两件，当然比不过他了。"孔子没有回答，而是笑了笑，他对这答案是满意的。子贡回答得很谦虚，子贡同样是一个非常优秀的人，子贡擅长言语，办事通达，还善于经商，也是孔子的得意弟子。不过从他给出的答案来看，颜回确实有过人之处，这种过人之处首先就体现在学习的悟性上。

那颜子能够举一反三，甚至举一反十，完全靠的是天赋吗？当然我们不否定颜子的天资聪慧，但如果我们看到孔子对于颜子的另外一种评价，恐怕就不会这么想了。孔子的思想需要学生一点点领悟，对于学生们的认识与了解，孔子也是慢慢加深的。早期孔子给颜回讲学，一讲一整天，颜回也丝毫不会有一点反对意见，一言不发，似乎显得很愚笨。但是如果观察他的言行举止，却是与孔子的思想学说高度契合的，这说明颜回不光学，还将所学更进一步付诸实践，这是难能可贵的。所以，颜子之所以能够闻一知十，在于他长期的知识积累，是建立在丰富的知识储备基础上，并加以实践运用才得以融会贯通，培养出的应对与学习能力。

3. 颜渊观马知政

颜回的聪敏，绝不仅仅是"闻一知十"，而是善于观察，从而常有看上去很神奇的预言。

有一次，鲁国国君问颜回："你听说过东野毕擅长驾车吗？"颜回回答道："说到驾车，他倒是算得上擅长。可是，即便这样，他的马将来一定会逃逸。"听到颜回说人家的马会逃跑，鲁君脸上露出不高兴的神色，对身边的人说："哎，君子原来也说别人的坏话啊。"颜回并没有说什么，也没有争辩，便退下回去了。

"说对了，说对了！"三天后，马官慌慌忙忙地来向定公报告说，"真让颜回说对了，东野毕的马跑了，在旁边驾车的两匹骖马逃脱了，只有中间驾辕的两匹服马回到马房。"定公听了，连忙离开座席站起来："看来颜回还真有些本领！"并催促人驾车去召颜回入朝。

颜回来到后，鲁君问："前天我向你说起东野毕善于驾车的事，你说擅长倒是擅长，他的马将会逃逸。不知道你是根据什么知道这些？"颜回恭敬地回答："当然有根据，我是根据为政的道理而知道这些的。从前，帝舜擅长治理百姓，造父擅长驾驭马车，帝舜做到了不穷尽民力，造父做到了不穷尽马力，所以帝舜没有逃亡的百姓，造父也没有逃脱的马。反过来，我们来看东野毕驾车，您看他蹬马上车，握住缰绳，马嚼子的位置放得很端正了。马或缓行或疾走或驰骋，也调理得很周到，看得出，他很擅长驾车。但是，在穿越险阻向远方行去时，马的力气已经用尽了，这时候该爱惜马力，然而他仍然要马奔跑不止，马儿当然会不服从啊。我就是根据这些事情知道的。"

"说得好！"鲁君说，"确实像你说的这样。你的话，意义非常大，能不能再给我进一步解释解释。"颜回便进一步说道："我听说，鸟处于绝境就会用喙去啄，兽处于绝境就会用爪去斗，人在绝境时就会欺诈，马处于绝境时就会逃逸。人也是如此啊，从古到今，没有使他的手下处于困窘绝境而能不遭受危险的。"

鲁君很高兴，便把这件事告诉了孔子。孔子颇为自豪地回答说："颜回所以能成为颜回，就是因为这类的事。这件事难道也值得赞扬吗？"

4. 颜子也会偷吃东西？

孔子周游列国时，楚昭王聘请他到楚国去做官，而陈、蔡两国担心孔子被楚国任用，他们两国会陷入危险之中，便赶忙派出步兵去阻拦孔子。原本孔子正兴致勃勃等着去楚国施展抱负，却被困在陈国和蔡国之间。被困几天不要紧，可是这地儿前不着村后不着店，连个人影都见不着。本来准备的干粮也是刚刚够撑到楚国，可这一连七天了，围兵似乎根本没有要撤走的意思，看着空空如也的粮袋，弟子们饥肠辘辘，虽然没有怨言，但也是唉声叹气。这样下去也不是办法，子贡便拿着所携带的财物，偷偷地突出包围，向乡间的农夫买回了一些米。

粮食来之不易，大家伙都迫不及待地等着开饭。煮饭这一重任就交给了颜回与子路。由于野外风大，不好引火，颜回、子路两人找了一间破败的屋子避风、煮饭，见火引起来了，子路便离开又忙活别的去了。颜回守着炊具，等着饭煮好，好巧不巧，忽然有一块烟灰掉进饭锅中。颜回一见，情急之下，便伸手把烟灰和被弄脏的饭拿出来，舍不得扔掉，于是放进嘴里吃了。

此时，子贡恰巧坐在水井边，抬头一瞥，正好看到颜回的这一举动，他以为颜回在偷吃粮食，心里很是生气。子贡气呼呼地走到孔子跟前，问道："老师，请问仁义正直的人会在穷困时改变他的操守吗？"孔子说："改变操守，还怎么称得上仁义正直呢？"子贡说："像颜回，他也不会改变他的操守吗？"孔子说："这是当然。"

听到老师如此信任颜回，子贡不由得心想："老师也会看走眼！"于是，便把刚刚看见颜回偷吃米饭的事告诉了孔子。孔子听罢，并没有感到惊讶，面色依然很平静，缓缓地对子贡说："我相信颜回修行仁德已经很久了，虽然你刚才说了这么一件事，但我仍不怀疑颜回的为人，这其中大概有什么误会吧。

这样，你先别声张，我来问问他。"

孔子把颜回叫过来，说道："回啊，前几天我梦见先人，大概是先人在启示我、保佑我吧？你把做好的饭拿进来吧，我要用它进献先人。"听闻老师的这个要求，颜回连忙摆手，说："可不行啊，老师。刚才我做饭的时候，有烟灰掉进饭中，如果不管它，饭就不干净了；如果把弄脏的饭扔掉，我又觉得可惜，所以我就把带烟灰的饭吃掉了。所以，这饭已经不能用来祭祀了。"孔子听到颜回的这番话，满脸欣慰的表情，笑盈盈地说："原来是这样啊！做得对，换作是我，我也会把脏了的饭吃掉的。"

颜回又去破屋里照看那锅粥了。颜回走后，孔子回头看着其他几个弟子，说道："我对颜回的信任，并不是从今天才开始的啊。"经过这一件事，大家就更佩服颜回了。

5."亦步亦趋"的颜子

今天我们提起"亦步亦趋"这一成语，是指盲目跟着别人学习，事事模仿别人，没有一点主见。实际上，"亦步亦趋"最早所描述的便是颜子追随孔子求德问道、效法学习的故事。这个故事记载于《庄子·田子方》里。

一日，颜回正在向老师请教问题。孔子一番解说，颜回感到茅塞顿开，十分受教，深感孔子的了不起，不禁心生"高山仰止"之感。他连忙说道："老师您慢步走我也跟着慢步走，您快走我也跟着快走，您跑起来我也跟着跑起来，但是老师飞一样地跑，跑得后面扬起了尘土，我直瞪着双眼也无法追上啊。"这么说来，好像颜回一切行动都是跟着孔子的步调来的。听见这番话，孔子也很疑惑，紧皱眉头，心想："你这小子，说得云里雾里的，心里到底想什么呢。"想来想去，还是不知道颜回想要表达什么，便对颜回说："回啊，你这是想表达什么呢？"

见老师不解，颜回低头笑笑，心想是自己表达得太含糊了。便回答道："老师，您慢步我也慢步，是老师怎么说我也跟着怎么说；老师您快走我也快走，是老师您怎么论辩我也怎么论辩；老师您跑起来我也跑起来，是老师讲说大道我也讲说大道；至于老师飞一样跑得后面扬起了尘土，可我直瞪双眼无法追上啊，是老师不用说话，人们就都信服，不必结纳，人们就都追随，没有权位，人们都会找上门来。我只是不明白这到底是怎么回事。"孔子听罢，愈发觉得颜回不光好学，还勤于思考，有此疑惑更证明颜回好学求道啊。

乍一看，很多人似乎感觉颜回的学习没有头绪，完全是在盲从孔子。但是颜回对于孔子的学习，是在学习他的讲话、论辩与述道，而非那些与学习、问道无关的事。那颜回学习孔子的结果如何？显然，孔子的那种水平与境界是颜回学不来的，这也是颜回所十分困惑的。颜回困惑并深入思考的过程也是意欲追求孔子仁者境界的体现，孔门无人不想成为如孔子那般仁德的圣哲。其实，颜回对于孔子的学习，就是求道问学过程的体现。孔子思想博大精深，颜回曾经感慨"仰之弥高，钻之弥坚"，跟随圣贤学习自然值得肯定，面对如此高深的学问哪有不专心去学习的道理呢？颜回闻一知十，这么一个充满悟性的人怎么能没有自我的价值评判？相反，在少正卯宣扬与社会相悖的理论时，孔门三盈三虚，只有颜回坚定地站在孔子这边，最后的结果也证明，颜回追随孔子是最正确的选择。

至今，曲阜孔庙的圣迹殿内仍然存有多幅《孔行颜随像》，颜回"亦步亦趋"的故事也被更多人所闻知，这对模范师徒也成为教育史上的佳话。

6. 颜子的早逝

在孔门弟子中，颜子无疑具有最为重要的地位，甚至可以说是孔子心目中的"接班人"。两千年前，在那条简陋的小巷里，这位清瘦的读书人，食仅饱腹，面有饥色，却总是双手捧着书简，孜孜不倦。可惜天不假年，颜子虽比孔子小三十岁，却早于孔子去世，享年四十一岁，真可谓是天妒英才。

孔子将颜子的死视作上天要灭绝自己的道，使其道不行于世。确实，孔子是打算把颜子培养成自己的接班人的。在众多弟子之中，只有颜子真正全面地领会了孔子思想的博大精深。而在孔子心目中，也只有颜子真正能将自己的学说发扬光大，为后世所用。当颜子的思想渐至成熟之时，未及发出光芒却已经陨落了。这正如孔子所感叹的："秀而不实者有矣夫！"宋儒邢昺即指出，这是孔子对颜子早卒的感叹之辞。如果假以时日，颜子之思想必将臻于"极高明"之境，成为继孔子之后的儒门宗师。

颜子的去世，对孔子的打击是巨大的。孔子无论如何也不敢相信这个事实。对于爱徒的离世，孔子难以承受："这是上天要我的命呀！上天是要我的命呀！"他不由得放声痛哭，哭得非常伤心。身边跟随孔子的人安慰孔子说："老师，您哭得太伤心了！"孔子连声应道："真的足够伤心了吗？我不为这样的人伤心还为什么样的人伤心呢？"在孔子眼中，颜子聪慧好学，德行兼备，孔子曾评价这位早逝的弟子说："他不幸早死真是太可惜啦！我只看到他的进步，从未看见过他停滞不前。"是啊，颜子总是对学问保持着热爱与向往，对于孔子的学说不光用心学习还付诸实践，是孔子口中足以称为仁德的人。

优入圣域坊

颜子的去世，使得孔子彻底绝望了。他意识到再没有一个人能够继承自己的衣钵了。

（四）宗圣曾子

1. 曾子耘瓜

曾子名叫曾参，是个大孝子。但是，起初他对孝道的理解却十分迂腐，以至于挨了老爸打，又挨老师骂。

有一次，曾参和他的父亲曾皙一起在地中劳作。曾参为瓜地除草，结果干着干着，不小心把一棵瓜秧的根给弄断了。原本只是小事一桩，但曾皙是个火暴脾气，见儿子干活如此不认真，便非常生气。他大声训斥着曾参，顺手举起手中的农具，击打在曾参的背上。顿时，曾参扑倒在地，好长时间不省人事。过了好一会儿，曾参才苏醒过来，他非但没有因为受到父亲的暴打而发出抱怨，反而想起刚才是因为自己的过失才惹得父亲生气，急忙爬起来，拍打拍打身上的土，走到曾皙面前，深施一礼，说："父亲，刚才是孩儿不对，让父亲大人生气了，父亲大人用力教训我，您没事吧？"曾皙失手打伤了儿子，内心十分自责，于是让曾参回家休息。曾参在房间里，等到父亲回家时，弹起了琴，唱起了歌，他想让父亲听见，知道他身体安然无恙，不必自责。

曾参对自己的"孝行"十分自信，心想："这次，老师应该好好表扬我一番吧。"没承想，孔子听说这件事之后，非但

108

没有表扬曾参，反而极为生气，告诉他的门人弟子说："等曾参来了，千万不要让他进来。"曾参听到同学的转述，自认为没有过错，便托人去询问孔子。孔子说："你难道没有听说过吗？从前瞽叟有个儿子叫舜。舜侍奉瞽叟，他父亲要使唤他时，他没有不在旁边的；可是他父亲想要杀他时，却从未得手过。他父亲用小棍子打他，他就等着挨打受罚；如果用大棍子打他，他就逃跑。这样，瞽叟才没有犯不行父道之罪，而舜也不失厚美的孝道。如今你侍奉父亲，舍弃自己而去承受暴怒的后果，死也不躲。你想想看，自己死了，是不是会让父亲陷于不义之地，还有比这个更严重的不孝行为吗？你是天子的百姓吧？如果你父亲杀死了天子的百姓，这应该是什么样的罪行呢？"一番话，惊醒梦中人。曾参这次恍然大悟，才意识到自己的错误有多么大。也许正是经历了这样的一件事，曾参对孝道的理解才不再迂腐，孔子最终把《孝经》传给了他。

2. 曾子杀猪

曾子不仅是一位孝子，特别重视孝道，还格外推崇诚实守信。

有一次，曾子的妻子要到集市去赶集，无奈家中孩子太小，不愿自己待在家中，一听母亲要离开，便哇哇大哭，非要跟着妈妈去集上不可。曾妻心想，街上人多，自己还得拿东西，带着孩子实在不便。于是，她看着哭得满脸泪痕的孩子，心里想着该怎么找个理由哄哄孩子，转身一瞥就看到了墙角里吃食的肥猪，她心中有了主意，便对儿子说："孩子啊，你听话，在家好好待着，等为娘从集市上回来给你杀猪吃。"曾妻随口这么一说，可是说者无意，听者有心，孩子当真了，在那儿欢呼雀跃："要吃肉喽！要吃肉喽！"古时候不比现在，除非过年过节，不然寻常人家怎么舍得杀猪吃肉，孩子兴奋也是当然。

等妻子从集市回来，刚进家门就傻眼了。她看到曾子拿着绳子，跳进猪圈在里面抓猪，旁边是刚刚烧好的热水和磨得发亮的菜刀，孩子在一旁满怀期待地给父亲加油。"停下！停下！你这是干什么啊？"妻子丢下篮子，连忙走上前阻止，气呼呼地对曾子说："日子不过了啊！我只不过是和小孩子开玩笑罢了，你怎么一声不吭就要杀猪，我再晚来一会儿，估计真能吃上肉了。"曾子看着怒气冲冲的妻子，不急不躁，反而严肃地批评妻子："为人父母，是不能随便和孩子开玩笑的。孩子现在心智不成熟，什么都不懂，父母的行为举止就是他们的榜样。如今你欺骗他，就是教他学会欺骗。母亲欺骗孩子，孩子就不会再相信母亲，这不是教育孩子的方法。"曾妻听后，深有感触，便没再阻拦，曾子就把猪杀了。

确实，对于孩子而言，这并不只是一次口腹上的满足，而是在心灵深处所感受到的家庭教育与道德教育。作为与孩子接触最多、关系最为亲密的人，父母的一言一行都落入孩子眼中，记在孩子心里。为人父母，更要以身作则，成为孩子的榜样与骄傲。"曾子杀彘"的故事，至今依然有着深刻的警示意义。

3. 曾子临终易箦

曾子一生重孝守礼。即便到了临终之际，依然保持着这样的品格。

曾子日薄西山之时，气息奄奄地躺在床上。他的弟子乐正子春坐在床边，儿子曾元、曾申坐在床脚，都忧心忡忡，大家你不言我不语，共同陪伴着曾子。只有童仆自顾自地坐在角落拿着蜡烛，似乎并不知道发生了什么，只知道先生身体有些不适。童仆看见曾子床上的竹席与寻常的竹席大不相同，心存疑惑地说："这竹席华美而光洁，是大夫才能享用的吧！" 童仆无心的一句话，打破了周围的安静。子春听到后，连忙冲着童仆比了个手势，让其住嘴。卧病在床的曾子听见这话，惊惧地发出疑问："啊？"童仆又说："先生，我听说只有大夫才能享用华美而光洁的竹席啊！"曾子好似又有了精神，但面色还是没有丝毫起色，他说："是的。那竹席是季孙送的，我还没来得及换过来。曾元，快扶我起来换竹席。"曾元看到曾子执意起来，说："那可不行啊，您的病非常严重，现在您的身体可不能乱折腾。您再等等，等到了早晨，一定遵从您的意思换了它。"曾子顿时有些生气，冲着曾元说："你还不如童仆爱戴我，你应该按照道德标准去爱护人，不应无原则地迁就。我能得到正道而死去，那也就心满意足了。"看到父亲动了气，曾元只好扶着曾子的身体，然后更换竹席，接着扶着他去新换的席子上，可惜曾子还没躺下便去世了。这便是"曾子易箦"

的故事。

嘉祥宗圣庙

也是在临终前的这段日子里，曾子突然有一天把自己的儿子、弟子们叫到床边，吩咐道："动动我的手，抬抬我的脚。"众人一脸疑惑，不解缘由。等他们按照吩咐照办之后，曾子长舒一口气，很是欣慰地说：从今以后，我知道我不会受到刑罚，而能保持父母留给我的身体不受毁伤，可以算得上尽孝了。在儒家观念里，父母给了我们完整的身体，让我们完完整整地来到这个世界上，我们就要对它负责任，不能让它残缺，在生命结束的时候，也要让它完完整整的。这才是对父母的孝。

从这两个故事我们可以看出，曾子是一个视守礼法甚于生命的人，将孝心保持到生命最后一刻。

（五）孔门群哲

1. 子路"初见"孔子

在孔门之中，有三个弟子最受孔子喜爱：一个是颜子，一个是子贡，还有一个便是子路。这三人都是孔子的早年弟子。很多文献中，三人经常同时出现，三人分别代表了仁、智、勇等儒家"三达德"，更有学者将之称为"孔门三杰"。子路勇猛、率真，与孔子亦师亦友，他敢于批评老师，更对老师忠心耿耿。在很多人的刻板印象中，都认为这位子路是后世张飞、李逵一路的"莽撞人"，其实不然，子路是孔门"政事科"的弟子，是德行高迈、侍母尽孝、颇具治世才能的贤人。

子路始终守护在老师身边，扮演着孔子身边守卫者的角色，孔子也曾感慨："自吾得由也，恶言不入于耳。"但是，孔子和子路却是"不打不相识"。司马迁曾经给我们描述了子路第一次见到孔子时的情形，非常有戏剧性。

年龄只比孔子小九岁的子路，性情粗率，头上戴着野鸡羽毛装饰的帽子，腰间系着野猪皮做的装饰，大概非常类似《西游记》里孙悟空的"虎皮裙"。这身打扮，很有一派现在社会中"不良少年"的"气象"。当然子路本质朴实，有正义感，非一般逞勇好斗之徒所能比。这时子路想凭借自己的勇力教训教训孔子。但是,孔子却没给他这样的机会。孔子问子路:"你有什么爱好啊?"子路看着一副书生气的孔子,双手抱胸,爽快地回答说:"爱好长剑。"孔子说:"我问的可不是这个,只是说以你的才能,再通过学习增加你的学问,谁能赶得上你呢?"

子路有些疑惑地说:"难道学习也有好处吗?"孔子语重心长地回答:"这是当然,君主如果没有直言进谏的臣子,就会犯错误;士人如果没有能给以教诲的朋友,就会失去判断力。驾驭狂奔的烈马不能放下马鞭,操持弓箭也不能丢了矫正弓弩的檠。木料要靠打上墨线来取直,人要听人劝才能聪明。接受教育,勇于请教,谁能不成功呢?毁谤仁人,厌恶士人,必然容易犯罪触刑。君子不能不学习啊!"

子路听到孔子这番"劝学篇",并不以为然,反驳道:"南山上有一片竹子,根本不用人工揉制,本身就是直的,把它们砍下来,砍削修整一下投出去,可以穿透犀牛皮。由此说来,学习有什么必要呢?"

孔子笑了笑,顺着子路的话说:"你想想,要是在箭尾装上羽毛,前面装上箭头,并磨得锋利,那它射得不就更深吗?"看似粗鄙的子路,听到孔子这番教诲,也若有所思,感觉很有道理,向孔子拜了两拜说:"恭敬接受您的教诲。"从此,子路便拜入孔门,他的生命开启了别样的风采,成长为孔子最重要最优秀的弟子之一。

2. 子路百里负米

在后世广泛流传的《二十四孝图》之中，有一个故事是"百里负米"，说的就是子路尽孝敬养双亲的故事。

子路是中国历史上有名的大孝子。他曾经向孔子请教什么才算得上是真正的孝子，孔子耐心地帮他分析道："君子在家要忠实地孝敬父母，在外结交贤能的朋友，便不会没有孝子的声名。"子路对孔子的话语理解得很透彻，对于孝的践行，子路更是堪为楷模。子路是鲁国卞（山东泗水）人，其位置在当时鲁国东部山区与西部平原的交界处，由于土地贫瘠，此处产粗粮而少细食。因为家里贫困，物质条件不足，天天吃粗粮也得不到保证，只好常常吃野菜、豆叶等。子路家中有年迈的父母，眼看着已经垂老的父母还天天跟着自己受苦，他不忍年迈的父母再吃地里的粗粮，

为亲负米图

115

便不辞辛苦，带着家中的粗粮，为父母到百里之外的地方去换米。一去一回有百里路之遥，子路从来不觉辛苦，看着换来的米被父母吃下，子路很是满足，并将此作为为人子最大的幸福。

后来子路跟随孔子学习，学有所成之后，便出仕为官。自父母去世以后，子路曾南下游历楚国，随从数乘的车辆，积蓄了万钟粮食，坐的垫子也有好几层，但是再想吃野菜豆叶，为父母背米，却已经没有机会了。子路为此非常感慨，经常以此为憾。正所谓"树欲静而风不止，子欲养而亲不待"。

有一次，子路把对父母的怀念之情向老师诉说了一番。听到子路的诉说，孔子内心也被深深触动，不禁称赞说："仲由侍奉父母，做到了父母健在时竭尽全力赡养，父母去世后倾尽哀思。真是位孝子啊！"子路的孝行对后世产生了很大影响。后人有诗云："负米供旨甘，宁辞百里遥。身荣亲已殁，犹念旧劬劳。"赞美的就是这种"百里负米"的孝行。

3. 子路辞盟

春秋时期，各国间常常相互征战，有时停战求和后便签订盟约，以代表双方的契约与信用。一般来说，国与国之间的盟约在信义上应该远远超过个人，但在当时，孔子弟子子路的信用甚至超过了国与国之间的正式盟约，可见，子路之"信"是多么被人看重。

春秋时期，小邾国是鲁国南面的一个小国。《左传》记载，在哀公十四年的春天，小邾国的大夫射打算投靠鲁国，作为条件，他想要献上小邾国的句绎邑，希望能逃亡到鲁国。于是他传话给鲁国说："如果可以的话，我不用和鲁国盟誓，只要子路来和我定下契约，就足以为信了！"国家之间经常盟誓，但是该打的时候还是要打，似乎并不足为信。对于鲁国的名声，他也非常了解，当时齐国攻打鲁国想要索取鲁国的岑鼎，鲁国送去的鼎竟然是假充的，而且还想借此订立盟约。但是在大夫射看来，孔子的弟子子路是非常讲信用的人，如果能和子路达成契约，那要比跟鲁国签订盟约强多了。子路被请求去会见，但是子路却始终坚定自己的想法，拒绝去和他会面。季康子满怀期许地对他说："鲁国作为千乘之国，他都不相信它的盟誓，却相信您的一句话，您去出使有什么辱没之处呢？"看着季康子恳切的话语，子路斩钉截铁地回答说："他不守为臣之道，如果我们成全了他的要求，这是不义啊，我绝对不能做这样的事。"可见，子路对于自己的"信"非常看重，哪怕要得罪别人，也不能赌上自己的信义。"季路一言"就是从这个故事中所引出的成语，比喻的便是像子路这种信用极好的人。

在当时，诸侯混战成为常态，国家与国家之间签订的盟约实际上也只是暂时的政治工具，并没有实质上的作用。虽然国家无"信"，但是有如柳季、子路这样的普通人非常看重自我的信用与名声，因而才有了"季路一言"的佳话。如果换作符合道义的行为，相比子路一定会欣然接受的，但是作为大夫的射做出的这种行为不符合"礼"与"义"的规范。如果对于这种不正当的行为还要建立契约，那么那些符合社会公义的契约还有什么正当性可言？换言之，如果子路与其结成了契约，那子路一定要为自己的契约付诸行动，如果到了那天，估计就要面临道德与信用的冲突了。

听闻此语，季康子也改变了最初的想法，没有说什么便离开了。

4. 子路治蒲有政绩

子路在担任卫国的大夫时，由于工作出色，卫国国君派他到蒲邑任邑宰。对于子路而言，去一个陌生的地方担任地方长官，心里实在是没底，所以在出发之前，他想先请教下自己的老师，请求孔子多多指点。他前去拜见孔子，将自己所遇到的问题对老师一一说明，说："老师啊，学生愚钝，希望能从您这里得到些教诲。"孔子听说他要去蒲邑为官，便首先问道："蒲邑的情况怎样啊？"子路皱皱眉，回答说："蒲邑有很多勇士，恐怕难以治理。"孔子说："如果这样的话，那么我告诉你，一定要对人谦恭且尊敬，就可以慑服那些勇士；为人宽厚而正直，就可以怀柔强梁的人；对待人仁爱且宽容，就可以容纳困穷的人；处事温和且果断，可以抑制奸邪的人。按照这样的方式推行，那么治理蒲邑就不困难了。"

听了孔子的教诲，子路牢记于心，并细微地思考老师教授的每一点，准备在此地大展身手。时间过得很快，子路治理蒲邑已经三年了，孔子好久不见自己的弟子便去探望他，刚刚进入他管辖的地界，孔子就说："好啊！仲由恭敬而讲诚信。"进入了城邑，说："好啊！仲由忠信而敦厚。"到了子路的官署，说："好啊！仲由明察而果断。"

子贡握着缰绳，看到孔子还没见到子路就连着夸赞了三次，真是一头雾水，便问道："夫子还没有了解仲由的政事如何，就三次称赞好，这是为什么啊，可以说给我听听吗？"孔子回答说："我已经看到他是怎样处理政事了。进入蒲地，看到田地都得到了整治，荒地大都得到开辟，沟渠都得到了深挖修整，这说明他为政恭敬而诚信，所以百姓全力劳作；进入蒲邑，看到城墙房屋都很完整坚固，树木更是茂盛，这是因为他忠信敦厚，所以当地百姓毫不懈怠懒惰；进入官署，看到官署内清静不扰乱，手下人都听从命令安排，这说明他遇事明察而果断，所以他处理政事毫不烦劳。由此看来，即使三次称赞他做得好，也不能概括全他的优点呢。"

子路之所以成为一位优秀的为官者，正在于他首先成了最好的自己。对于个人而言，加强自我修养与德行，会影响自我的道德气质。与他人的日常交往，以仁爱之心待人，以宽厚之心处事，才会带来意想不到的收获。对于为官者而言，如果能够做好自我的道德与能力建设，又会有多少人不尊重、不服从呢？

5. 子路死不免冠

子路在孔子三千弟子中是非常特殊的。他只比孔子小九岁，而且性格直爽，为人正直，是孔子最亲近的弟子之一。从学于孔子后，原本逞勇斗力、志气刚强的"粗鄙"野人，在孔子的教化下，慢慢成长为身着儒服、躬行仁礼的贤人。但即便如此，他那"行行如也"的气质与风范也从未消泯，对此，孔子曾说："像仲由这样，只怕不得好死吧！"

哀公十五年（前480），卫国发生政变。孔子在鲁国听说后，十分担忧，因为自己的两个弟子还在卫国出仕为官。他对身旁的弟子们说："唉，高柴大概会安全地回来，只怕仲由会死在那里啊！"孔子这句话是根据两位弟子的不同性格进行的推测，不料竟然应验了，可谓一语成谶。

原来，十几年前的公元前496年，卫灵公的太子蒯聩，由于得罪了卫灵公的夫人南子，怕被诛杀而出逃宋国，不久又到了晋国，依附于赵鞅。公元前493年，卫灵公死后，南子想让公子郢继承王位，未果，只好又立了蒯聩的儿子辄为国君，这就是卫出公。听到卫出公即位，赵简子便想送蒯聩回国夺取君位。出公此时也不顾及什么父子情分了，派军队阻击其父，蒯聩没办法，只得跑到宿地自保。于是，蒯聩便暗自谋划，想法夺取君位。

当初，孔文子孔圉娶了蒯聩的姐姐伯姬为妻，生了孔悝。孔文子的仆人浑良夫长得非常高大帅气，在孔文子去世后，经常与孔悝的母亲通奸。到了出公十二年，蒯聩的姐姐指使浑良夫前往戚城与蒯聩密谋，蒯聩许诺浑良夫高官厚禄，并可以赦免三次死罪，还许诺将孔悝的母亲也就是自己的姐姐嫁给他。这年的闰十二月，蒯聩与浑良夫潜回卫国，胁迫孔悝这个卫国最大的实权人物，拥立自己做国君。

这时，子路正担任卫国大夫孔悝采邑的邑宰。听闻孔悝作乱，还在外处理事务的子路，立刻急匆匆地赶回来。子路刚赶到卫国都城城门前，恰好子羔从城门出来，子羔没来得及寒暄，便十分恳切地对子路说："卫出公逃走了，城门也已经关闭，您回去吧，别再跟着孔悝遭受祸殃了。"子路截然地说道："这可不行，吃着人家的俸禄，就不能回避人家的灾难。"子羔听罢，摇摇头，一脸无奈，便自顾自地离开了。子路正苦于无法进城，恰好赶上有使者出入，子路便趁机溜了进去。子路一路寻找蒯聩，此时，蒯聩正在高台之上逼着孔悝盟誓。子路面对蒯聩，义愤填膺地说道："您为什么非要逼迫孔悝来作乱呢？即便孔悝死了，也会有别人出来反对的。"见蒯聩不肯罢休，于是子路扬言要放火烧台，蒯聩担心子路来真的，于是大声喊叫，命石乞、壶黡二位猛士到台下去攻击子路。在打斗中，二人击中了子路，并斩断了子路的帽带。负伤的子路忍住疼痛，朝着众人大笑，朗声说："君子可以死，但帽子不能掉下来。"接着抬起双手系好帽子。战场上瞬息万变，敌人怎会错过这样的机会。正当子路端正帽子的时候，二人趁机刺死了子路。不仅如此，心狠手辣的敌人把子路剁成了肉酱。随后蒯聩进宫即位，是为卫庄公。

　　政变发生时，卫出公已经在大臣的护卫下逃奔到鲁国。不久，卫国有人来鲁国通报，并向孔子通报了子路的死讯。孔子一脸忧伤，面容惨白，无力地向使者询问当时的详情。使者说："可惜啊，子路被剁成肉酱了。"孔子止不住悲痛，连忙让身边的人把家里的肉酱倒掉："我怎能忍心吃这些东西呢！"一连好几天，孔子都在厅堂中恸哭不已。有人前来吊唁，孔子就以主人的身份拜谢。

在这一政变中，子路起码有两次选择的机会，可是却毅然选择用生命去践行理想，慷慨赴难。子路死不免冠，与他的鲁莽不无关系，但更显示出子路穷其一生都在实践着老师孔子恢复周礼、积极入世的理想和路线，继承了孔子"知其不可为而为之"的勇者精神。

6. 子贡想"休学"

子贡雄辩、通达，是孔门中的杰出弟子。难以想象，这样一位优秀学生，居然也有过要休学的念头。

有一次，子贡来见孔子，许久不吭声，似乎有什么心事，孔子诧异地看了看他，问他到底有何难言之隐。子贡开口说道："老师啊，我厌倦了为学，疲倦了求道，想停止学习而去做官，以便践行您的教诲，您看可以吗？"孔子没有生气，而是和蔼地说："《诗》上说：'从早到晚要温和恭敬，行事要认真谨慎。'做官可是很艰难的，你怎么可以停止学习呢？"子贡顿了顿，又说："那么我想停止学习，回家去侍奉父母，您看行吗？"孔子说："《诗》上说：'孝子的孝心无竭尽，祖宗永赐你们好。'侍奉父母也不容易啊，你怎么可以放弃学习呢？"

子贡鼓起勇气，接着说："那么我想停止学习去帮助妻儿，您看可以吗？"孔子说："《诗》上说：'给妻儿做典范，推广到自己的兄弟，然后来治理国家。'帮助妻儿也非易事，你怎么可以放弃学习呢？""那么，我想停止学习，去结交朋友。"

子贡忍不住又嘟囔了一句。孔子不慌不忙地说道："《诗》上说：'朋友之间相互辅助，所用的就是威仪。'结交朋友也不是轻而易举的事，你怎么可以停止学习呢？"

子贡不知如何是好，便说："老师，我想停止学习，去从事耕作。"孔子则继续反驳说："《诗》上说：'白天割茅草，晚上搓绳子，急急忙忙修理房屋，又要开始种庄稼。'耕作是很不容易的，你怎么可以放弃学习呢？"

子贡再也无话可说，只好一脸疑惑地问孔子："那么，我就没有停止学习的时候了吗？"孔子笑了笑，说："当然有啊，你看郊外的那些坟墓。那就是人休息的地方。"子贡似乎有所悟，自言自语地说道："死亡真伟大啊！君子休息了，小人终结了。死亡真伟大啊！"

子贡休学的原因是什么？那大概是因为厌倦了每日求学、问道。确实，相较于无所事事而言，学习确实很累。哪怕子贡拿为官、侍奉父母、供养妻儿、从事耕种为理由，孔子也在和他讲人不能停止学习、放弃努力。在孔子看来，只有人到了死亡那一天，才是真正开始休息的时候，但这时候于人生而言，已经没有任何意义了。孔子老年才开始学《易》，并且取得了很高的成就，他周游列国十几年回归故国，作为暮年的老者，他仍然坚持修订古代的书籍，孔子的这一生，又有什么时候闲下来过呢？子贡大受触动，便一心向学，并在为官与经商领域都大有建树。

7. 子贡"货殖"

古代经商之人，常于店铺内悬挂八个大字——"陶朱事业，端木生涯"。"陶朱"指的是"三散家财"的范蠡，而"端木"指的便是孔子门下最善经商的弟子子贡。作为孔子的得意门生，子贡常常以利口巧辞、善于雄辩的形象出现在人们口中，殊不知，子贡尤善"货殖"，至今仍被世人誉为"儒商"的鼻祖。

《史记·货殖列传》共记载了十七人的经商活动，子贡列于第二。子贡在孔子众多弟子中最为富有，堪称首富。子贡早年在孔子那里接受"全日制"教育，学成之后又来到卫国做官，这时具有敏锐商业眼光的子贡找到了商机，他在曹国与鲁国之间开展规模化的"跨国贸易"，用买贱卖贵的策略低价买进，高价售出，没多久就赚得盆满钵满，他的商业版图也越来越广。子贡能够有此成就，并不只是运气与机遇，更在于他智慧的商业分析与判断。子贡善于审时度势，猜度物价贵贱，或买或卖，没有不获得成功的，其"商业奇才"之形象表露无遗。

孔门弟子中，颜回很穷，原宪也很穷，而子贡却能乘坐四马并辔齐头牵引的车子，携带束帛厚礼去访问、馈赠诸侯，所到之处，国君与他只行宾主之礼，不行君臣之礼。这正是他财富和影响力的体现。对于财富的认识，往往决定着一个人的价值取向和人生态度。司马迁说："天下熙熙，皆为利来；天下攘攘，皆为利往。"子贡虽善于经商，取得了很高的成就，但他却不是一个唯利是图的商人，而是心怀仁义的儒者。

孔子说："不义而富且贵，于我如浮云。"对孔子来说，用不正当手段获得的荣华富贵，如天边浮云，毫无意义。子贡同样秉承孔子的教导，仁行于世。他始终追随孔子为天下仁义而奔走，用实际行动诠释何谓"仁义"。

"君子爱财，取之有道。"这是子贡一贯坚持的致富理念。因为子贡复姓端木，后世更将子贡这种财富观称为"端木遗风"。

8. 子贡的救鲁外交

子贡在孔门属"言语"科弟子，素有为使者而平纷争之志，同时他又娴于辞令、颇具外交才能。因而，子贡在春秋末世的政治外交舞台上是极为活跃的。

孔子在卫国时，听说齐国的田常将要作乱专权，同时他又担心鲍氏、晏氏的势力，因此想转移他们的军队去攻打鲁国，这样一来，鲁国就面临着外敌入犯的危机。一日，孔子召集各位弟子，面带愁色，一脸严肃地告诉他们："鲁国是我的母国，如今情况危急，不能不救啊。现在我想屈节向田常来拯救鲁国，你们谁愿意去出使？"众弟子反应都很强烈，子路、子张、子石都一一请愿，但孔子都没答应。子贡见状，也请求出使，孔子很是欣慰，拍拍子贡，满是期许地说："可一定要小心啊！"

于是子贡前往齐国，前去劝说田常。他对田常说："现在你要打败鲁国，确实困难，不如转移军队对付吴国，就容易了。"田常听闻有些不高兴。子贡又说："忧患在内部时，就攻打强者；忧患在外部时，就攻打弱者。我听说您多次受封都没能成功，这是大臣们从中作梗，不听你命令的结果。如果这一仗打胜了会使君主骄纵，鲁国灭亡了会使鲍氏、晏氏等大臣尊贵，而这其中没有您的功劳，那么，您与君主的交情就会一天天地疏远，却还要与大臣们争斗，这样一来，您的处境可就危险了。"田常闻听此言，沉思良久，觉得子贡说得有道理，于是改变了态度，说道："您说得好！不过，军队已经派往了鲁国，没法更改了，怎么办呢？"子贡知道自己的话已经奏效，于是不急不忙地说："没关系！您呢，先下令延缓进军，我去请求吴国，让他们救援鲁国而攻打齐国，您就趁机出兵迎击。"田常答应了。

于是子贡又南下去劝说吴王夫差。子贡对夫差说："实行王道者不会使别国灭绝，实行霸道者不能让强敌出现。千钧的重量，即使加上一铢一两，形势也会发生变化。现在强盛的齐国若再侵吞拥有千辆战车的鲁国，来和吴国一较高低，我很为大王忧心啊。所以，您应该出兵救鲁。况且救援鲁国，可以显扬名声，来安抚泗水流域的众多诸侯，而讨伐强暴的齐国，可以来慑服强大的晋国，没有比这获得再大利益的了。名义上保全了处于危亡的鲁国，实际上则遏制了强齐的扩张，这道理，聪明的人是不会怀疑的。"吴王本来就一门心思想着称霸，听了子贡的分析，心中不免窃喜，应声说："好！可是吴国曾经围困越国，越王现在正自我励志，蓄养贤士，有报复我们的打算，你等我先讨伐完越国，然后再按你说的去做。"子贡一听，这么能行呢？必须解决吴王的后顾之忧，让他赶紧出兵。于是继续火上浇油，说道："越国的力量不如鲁国，吴国的强盛赶不过齐国，大王把齐国搁置在旁，却去讨伐越国，那么齐国一定早吞并了鲁国。大王正打着使灭亡之国得以复存，使断绝之祀得以延续的旗号，却放弃强大的齐国，而攻打弱小的越国，这不是勇敢。勇敢的人不回避困难，仁慈的人不使别人陷入困境，聪明的人不会失掉时机，道义的人不断人后嗣。现在保存越国来向天下显示您的仁义，救援鲁国、讨伐齐国，威名震慑晋国，各国诸侯一定会竞相到吴国朝见，称霸的大业就完成了。况且大王如果畏惧越国，我请求去见越王，让他派出军队追随您，这实际上是使越国受损，而名义上却是追随诸侯讨伐齐国。"吴王顿时喜笑颜开，表示愿意按此来办。

于是，子贡又来到越国。越王勾践听说子贡到来，专门到郊外迎接，并亲自为子贡驾车，见到子贡恭敬地说："我们这偏远落后的国家，怎么值得大夫您屈尊光临呢？"子贡直奔主题："现在，我劝说吴王救援鲁国讨伐齐国，他心里想这样，可害怕越国，说：'等我攻下越国才可以。'那么他攻破越国是一定的了。况且，若没有报复人的心志，却让人怀疑有，这太拙劣了；有报复人的心意，却让人知道了，那就不安全了；预谋的事情还没开始办，就先让人知道了，就更危险了。这三种情况是成事的最大隐患。"勾践听罢，叩头而拜说："我曾经不自量力，对吴国发难，被围困在会稽山，我的仇恨已深入骨髓，日夜焦虑得唇焦舌干，只想着和吴王一块儿去死，这是我的愿望。现在幸好大夫您把利害关系告诉了我。"子贡说："吴王为人凶猛残暴，大臣们都难以忍受，国家也疲惫衰败，百姓怨恨上司，大臣内部也发生变乱，伍子胥因谏诤而死，奸佞的太宰嚭执政弄权，这正是报复吴国的时机。大王果真能派兵辅佐吴王，并用贵重的宝物来讨他的欢心，用谦卑的言辞来表示对他的礼敬尊崇，那他一定会讨伐齐国。这就是圣人所说的降低身份屈从来求得通达。如果他战争不胜利，是大王的福分；如果胜了，他一定会率兵逼近晋国。我北上拜见晋国国君，让他共同攻打吴国，一定会削弱吴国的势力。吴国的精锐部队都消耗在齐国，重兵又被晋国围困住，而大王就可以趁吴国疲惫不堪的时候制服它。"越王叩首再拜，答应了子贡的计划。

子贡返回后五天，越国派大夫文种来到吴国叩首再拜，对吴王说："越国愿意派出国内所有的军队三千人，侍奉吴国。"吴王对子贡说："越王要亲自跟随我去，可以吗？"子贡说："使它所有的军队都派出，再让它的国君跟从，不合道义。"吴王就接受了越王的军队，辞谢勾践，让他留了下来。于是自己发动国内的士兵去讨伐齐国。子贡又连忙北上，去拜见了晋国国君，让他迎击疲敝的吴国。吴、晋两国的军队在黄池相遇。越王趁势袭击吴国本土，吴王回国与越国作战，后来被消灭了。

孔子听说子贡取得的成绩，感慨说："使齐国混乱以保全鲁国，是我开始的心愿。能够使晋国强盛以削弱吴国，使吴国灭亡而越国成就了霸业，这都是子贡游说的结果。好听的话对诚信有害，说话要谨慎啊！"在那样一个严峻的形势下，子贡凭借着自己的智慧，用三寸不烂之舌、两行伶俐之齿，搅动了整个国际形势，不能不说子贡是一个很厉害的外交人才。

9. 子贡赎人挨批评

孔子之时，常有鲁国人在外沦为奴隶的情况发生。按照鲁国法律的规定，如果从其他诸侯国赎回做奴隶的鲁国人，都可以到鲁国的府库里领取一定的钱财作为奖赏。由于这一政策的存在，很多在外沦为奴隶的鲁国人终于得以回到故国。

人人如此，子贡也这样去做，可他却因此受到了老师的批评。这是怎么回事呢？

一次，他在外经商，偶然见到沦为奴隶的鲁国人，便心生怜悯，赶忙交上赎金带其回国。我们知道，子贡有钱，是一位很有成就的商人。所以，与旁人不同，子贡赎回了奴隶，却推辞不去领取奖赏。

孔子听说了这件事，把子贡叫到跟前，严厉地批评了一通。孔子说："这是端木赐你的过失啊。圣人做一件事，可以通过它改变社会的风俗，而且可用来教化引导百姓，并非只是适合于自身的行为。现在鲁国富人少而穷人多，如果因为赎人从府库领取奖赏就算贪婪，那么再拿什么来赎人呢？从今以后，鲁国人不会再从其他诸侯国赎人了。"

在孔子看来，子贡所做的善事，看似高尚，但实际上却过犹不及。如果子贡因此被称赞，那么其他人领赎金，就会被说小气、斤斤计较；如果不领赎金，很多人又不是那么有钱；因此他们在看到类似的情况时，就会纠结、犹豫，可能就会放弃赎人，明哲保身，而那个有可能获救的鲁国人就因此失去了机会。这种道理，古今都是一样的。所以子贡看似高尚的行为，却可能破坏了既定的规则，成为善行的绊脚石。这样一来，能够造福民众的法律，就失去它原本的作用。

子贡本来觉得做了一件非常值得炫耀的好事，结果被老师这么一分析，才认识到了自己的错误，明白自己考虑问题之不周，便落落大方地去领取赏金。人们见状，救赎本国在外的奴隶也就更积极了。

10. 闵子骞芦衣顺母

不知您是否听说过"鞭打芦花"的故事？琴书大家关学曾先生，有过这么一段"鞭打芦花"的美妙说唱："在列国有位大孝，名叫闵子骞哪，他本是圣人的门徒，一位大贤……"诗有诗圣，书有书圣，谈及孝道自然应首推孝圣"闵子骞"。

单衣顺母图

闵子骞，在孔门中以德行著称。他年幼时母亲就去世了，他的父亲再娶，而继母又生了两个孩子。谁承想，这位后母只心疼关爱自己的两个孩子，对闵子骞非常不好，处处刁难，时时刻薄。冬天天气严寒，在做棉衣的时候，继母给其亲生儿子絮的是丝绵，而给闵子骞絮的是芦花。芦花蓬松，看上去好像衣服很厚实，但是并不御寒。

这一天，闵子骞的父亲要出门访客，让闵子骞给他驾车。此时正值寒冬时节，朔风呼啸，冰天雪地，闵子骞手冻得发僵，手中的缰绳和马鞭子，实在拿不住，掉落在地上，马车失控，差点造成车祸。闵父非常生气，看到儿子穿得厚实居然说冷，肯定是过于娇惯，不能吃苦，于是便狠狠地教训起儿子来。越数落越来气，一气之下，闵父便拿起马鞭向闵子骞身上抽打了一下。结果鞭子下去，衣服破了，轻飘飘的芦花飞将出来。闵父看到此情此景，不免愕然，赶紧问是怎么回事。再三追问之下，他终于知道儿子遭受了后母的虐待。闵父既心疼儿子，又恼怒自己的妻子。于是，难忍怒气，掉转马车回到家中，质问妻子为何如此狠心、偏心，并下决心休妻。见此情形，闵子骞急忙替后母求情，劝慰父亲道："母在一子单，母去三子寒。"父亲闻听此言，沉吟良久，觉得儿子所言确实有理，这才作罢。后母也被闵子骞的宽厚和仁慈之心所感动，于是痛改前非，把闵子骞视若己出。闵子骞宅心仁厚，不计前嫌，对父母兄弟极尽孝顺友爱之情，受到了父母乡邻的称赞。

正如《二十四孝图》的诗赞所说："闵氏有贤郎，何曾怨后娘；车前留母在，三子免风霜。"关于闵子骞的孝行，孔子曾大加赞赏，他说："孝哉闵子骞，人不间于其父母昆弟之言。"闵子骞之所以在孔子门下，能够与颜子、仲弓、冉伯牛等一起并列"德行"科，与其孝行不可分割。千百年来，"芦衣顺母"这略带悲情的孝行故事，更不知感动了多少人，至今仍为人们所传诵。

11. 宰予"昼寝"

生活中，遇到一个不学无术、整日颓靡的人，人们大概会说："朽木不可雕也。"时至今日，这句孔子批评弟子的话竟然被沿用两千年，成为人们常挂在嘴边的一句俚语。

孔子弟子宰予，能说会道，言辞动听，所以深得孔子赏识，但后来却渐渐露出懒惰的毛病。一天孔子在讲课，左顾顾，右看看，就是没看到宰予的身影，于是派弟子四处寻找。师兄弟们还以为宰予有什么要事，担心得不得了，满院子里一顿好找，最后众人在寝室里看到了睡得正酣的宰予，才得知宰予一直在睡觉，大家都气不打一处来。在古代，人们没有午睡的习惯，白天的大好时光理应用来学习劳作，白天睡觉是志气昏惰的表现。孔子见状也十分生气，非常失望地批评道："朽木不可雕也，粪土之墙不可圬也。"他认为宰予就像腐朽了的木头不能雕刻，朽坏的墙壁不能粉刷，真是太让人失望了。

面对众弟子，孔子不由得感慨起来："宰予这个人，是不值得责备的。以前，我对待别人，听了他的话便相信他的行为；现在，我对待别人，听了他的话还要观察他的行为。我是因宰予的表现而改变了对人的态度的。"

孔子为何如此生气？其背后是有深层原因的。一方面，是因为宰予这个人很聪明，口才也很好，在孔子的学生当中属于非常积极活跃的，正因为他的优秀，孔子才接受不了学生的巨大反差；另一方面，便是白天睡觉这一行为带来的直接情绪，孔子一生勤劳，看不惯这种自甘放弃的行为，所以才勃然大怒。

12. 宓子贱"掣肘"

现代汉语中有一个词叫作"掣肘"，它的意思就是拉拽他人的胳膊，用来比喻有人从旁牵制、阻挠和干扰别人做事。"掣肘"一词的由来，与孔子的弟子宓子贱有关。

宓子贱去单父担任邑宰。赴任前，他担心鲁国国君会听信谗言，使自己无法推行政令，于是在临辞行时，特意请鲁君身边的两位书史，与自己一同到任，这样也好做个证明。鲁君自然应允，派二人随同宓子贱前往赴任。

一日，宓子贱喊来自己的手下，笑着交代给他们一项特别的任务。"现在有两位书史负责记录，你俩啊，在他们刚开始写的时候，就在一旁捣乱，牵拽他们的胳膊肘，这样他们就写不成。"两位手下听罢一头雾水，不知道宓子贱到底到干什么。两位书史很无奈，每次一写字就有人在旁边捣乱，根本没心思再写下去，写不好还免不了挨宓子贱的批评，换谁也坚持不下去。两位书史很是犯愁，便请求辞职返回国都。宓子贱说："二位，你们写得很不好，回去后还是要好好努力啊。"

两位书史回到国都后，一脸委屈，向鲁君报告说："宓子让我们负责记录，却让人在一旁牵拽我们的胳膊，写得不好还责备我们，搞得他的手下发笑，我们不得不回来了。"鲁君实在不懂宓子贱葫芦里卖的什么药，便就此事去请教孔子。孔子当然了解自己的弟子，便解释说："宓子贱是位君子。论他的才能，足以充当圣王与霸主的辅佐之才，此次治理单父，算是委屈他了，他去做邑宰，目的不过是验证一下自己的能力。我猜想他之所以这么做，是想以这件事来进行委婉的劝谏吧？希望您能不过分干预他的施政。"鲁君这才醒悟过来，长长地叹息一声，说："这是我不贤明啊。我扰乱宓子推行政令而又要求他干好工作，这是不应该的。如果没有两位书史，我无法知道自己的过失；没有先生您，我也无法醒悟啊。"于是立刻派遣自己最为信任的人充当使者，去对宓子贱说："自今以后，单父的治理不归我直接负责，而完全由您来治理。有方便百姓的事情，您可以自己裁决，只需五年汇报一次施政的基本情况就行。"宓子贱恭敬地接受了诏令，得以顺利地推行自己的政令，于是单父境内治理得非常好。

宓子贱亲自奉行淳朴敦厚的行为，阐明尊尊亲亲的道理，推崇诚笃恭敬的品行，施行至仁至义的政策，教导人们要恳切诚实，达到忠诚守信，于是百姓都得到了教化。

13. 宓子贱禁止收麦

生活中我们总要面临取舍，那到底怎么样才能做出更好的选择呢？宓子贱不让收麦的故事可以给我们启示。

宓子贱在单父为官时，有一次齐国军队攻打鲁国，眼看着军队就要路过单父，可眼下城外地里的麦子虽已成熟但还没来得及收割。老百姓们个个焦急难耐，心里一直惦记自己的麦子。单父的长老们闻讯，急匆匆地一路小跑，顾不上老胳膊老腿，奔宓子贱官邸而来。"大人啊，您可得拿个主意，现在麦子可已经熟了啊！"诸位长老一齐向宓子贱请求说，"现在齐军前来侵略，来不及让每人收自己的麦子。我们请求把百姓都放出城，让他们都去收获城郊的麦子，可以借此增加粮食，这样粮食也不会落入敌人之手，不然可就损失大了啊。"

没想到，宓子贱听完大家的建议，缓缓地摇了摇头。长老们见状，越发着急，再三请求宓子贱答应。看着躁动的人群，宓子贱只是安抚他们，却并没有听从他们的建议。

担心的事最终还是发生了：齐国军队收获了麦子。百姓们在城墙上远远地望见自己辛辛苦苦忙活了一年的麦子被齐军一股脑收割殆尽，心里很不是滋味。消息很快传到了鲁国执政大夫季孙氏耳朵里。季孙氏闻听，勃然大怒，派人斥责宓子贱说："百姓寒冬耕作，暑天除草，竟然无法吃上粮食，这也太让人伤心了。你要是不知道这其中的危险还可以，可是他们向你提了多次建议，你眼睁睁地看着却不听，这怎么是治理百姓应有的作风啊！"

宓子贱没有争辩，而是恭恭敬敬地说："请您换个角度想想，今年没有了麦子，我们明年可以再种。如果不分彼此，让百姓随意去收割，让不耕种的人得到收获，那样就会滋长不劳而获的私心，就是让百姓期待再有敌人入侵。况且获得单父一年的麦子，鲁国也不会因此强盛一些，而丢了它，鲁国也不会变弱。如果让百姓产生不劳而获的念头，由此造成的创伤一定是几代人也平息不了的。"

使者返回，将宓子贱的想法一五一十地汇报给季孙氏。季孙氏才明白宓子贱的远见，也意识到自己的粗浅，自言自语道："唉，我这才认识到宓子贱的良苦用心啊！而我考虑得居然如此肤浅，真不好意思再见宓子贱了啊！"

14. 宓子贱的生态治理

我们今天常常讲"生态"一词，事实上"生态治理"并不是一个新鲜事，古人"斧斤以时入山林，材木不可胜用也""子钓而不纲，弋不射宿"都深刻表现了"生态治理"思想和实践。孔子弟子宓子贱曾任单父宰，在他治理期间，不仅政绩斐然，更是把"生态治理"的思想落到了实处。

宓子贱在单父担任邑宰，过了三年，孔子对于他的治理状况很是关心，便派巫马期到宓子那里去考察他为政的情况。巫马期心想，要调查就要调查个细致入微，不能大张旗鼓地去，我要悄悄地暗中观察，才能发现实情。

于是，巫马期换上一件破旧的皮衣，俨然一副当地百姓的模样。刚进入单父地界，他就发现有在夜间打鱼的，而且捕到鱼总是再放走。巫马期感到非常奇怪，难不成打鱼谋生的人还有这等善心？便走上前，与渔人攀谈起来："凡是打鱼都是为了捕到鱼，可你为什么捕到又放走呢？"渔人扭头看了看他，反问道："你是外来的吧？"巫马期发现自己没有瞒得过，只得点点头。渔人继续说道："我们的长官宓子贱，对那些大鱼爱惜，不让捕；对那些小鱼怜悯，也不让捕。因此捕得大鱼和小鱼，我们就放走。"你看，宓子贱的这一做法和今天社会推行的"休渔"有点类似。

巫马期回来后，一五一十地告诉了孔子，说："宓子的德行真是至高无上啊，使得百姓私下做事也好像身旁有严刑峻法监督着似的。请问宓子贱是怎样做才达到这种境界的？"孔子说："我曾经对他说，自己真诚，百姓就会仿效学习，想必他在单父贯彻了这一原则啊！"此时孔子脸上露出了欣慰的笑容。

我们中国人凡事讲究一个"度"，对于自然的态度也可以用一个字概括，那便是"中"。如果一个社会对于自然资源与渔猎所获保持一种节制，对于生命保持一种敬畏之心，那么人们便会生活得既安乐又富足。

15. 子游"杀鸡用牛刀"

子游是孔门文学科的高足，深谙礼乐之道。后来有机会出任武城宰，将武城治理得井然有序，但在具体的做法与经验上，却与子路、宓子贱等人有较多不同。

有一次，孔子去武城，在街上散步，子游等众弟子在旁陪伴一起走。此时，大家都听到了阵阵美妙的乐声传来，仔细一听，是弹奏琴、瑟并歌唱《诗经》的声音。孔子微笑着对子游说："杀鸡哪里要用杀牛的刀呢？"子游见状挠挠头，回答说："过去我听老师您说，执政者学了礼乐制度和文化就会具有仁爱之心，百姓学了这些也会变得容易听从政令。所以，我便这样去做了。"孔子点点头，冲着众弟子说："学生们！子游的话是对的。我刚才说的话是和子游开玩笑而已！"接着扭过头对子游说："可不能当真啊！"

孔子又询问子游："你在这里发现什么贤能之人了吗？"子游回答道："有一个叫澹台灭明的，他做事合乎正道，光明磊落，如果不是为了公事，从没有到过我屋中来。"能够任用这些贤人，可见子游有慧眼识人之能，果不其然，在子游的治理下，武城人民安居乐业，无人不对子游这位地方官交口称赞。

16. 南容"三复白圭"

《诗经》中有句诗："白圭之玷，尚可磨也。斯言之玷，不可为也。"意思是说白色玉石上的污点，尚可以琢磨剔除干净，但错误的话一旦说出口，再也无法收回。旨在告诫人们说话一定要小心谨慎。孔门七十二贤之一的南容，便经常把这四句诗反复诵读，并时时身体力行，孔子也因此对他有着很高的评价。

这位正直、智慧的青年才俊深得孔子的喜爱。他总是谨言慎行，而"三复白圭"也正是其性格的一种体现。南容将"谨言慎行"时刻记在心中，每每与孔子交谈，总是一副好学而谦卑的样子，讲话慢条斯理、有理有据，与旁人交好亦是如此。谨言慎行，不仅仅是一个人细心沉稳的体现，更意味着事必三思而后行，这样的人往往可以对事情有着更加周全的考虑，对局势有着更加透彻的把握。正所谓先言后行，一个人若连谨言都尚难为之，又何谈慎行呢？南容还是位有着大智慧的优秀青年，他的智慧、才具在太平治世时锋芒凌厉，国家当权自然少不了他；而其难能之处在于，即使身处混乱时代，南容依然能够清以自守，绝不会遭杀身之祸，可以免于刑戮。换句话说，南容擅于用世，且有自处之道。

孔子对南容非常欣赏，把自己的亲侄女许配给了他。

（六）述圣子思子

1. 子思问孔子

子思是孔子的嫡孙，被后人尊为述圣。他勤学好问，接续家学的志向从小就在心中扎根。《孔丛子·记问》篇记载了子思向孔子请教的小故事，涉及继承祖业、礼乐化民等方面。

有一天，孔子赋闲在家，站在庭院之中失声感叹。恰好，被年幼的子思发现了，于是紧走几步，凑上前去，先向祖父躬身施礼，开口问道："祖父，您是不是认为子孙不贤，将有辱祖宗啊？或者是仰慕尧舜之道却遗憾自己没能达到呢？"听子思这样讲，孔子心中一阵惊喜，有些激动，语调有些颤巍巍地说道："你这个小孩子，怎么会知道我的志向呢？"子思平静地回答说："我在饭桌上，多次听到您的教诲：父亲劈柴，儿子不能把柴背回家,这样的儿子就不成器。我经常思考这个道理,所以深感恐惧而不敢有丝毫懈怠。"这时,孔子深深地感到自己的学问后继有人,他非常高兴,笑着说:"真的这样吗?那我没有什么可担忧的了。后世的子孙能够不废弃祖业,大概会昌盛吧?"

大成殿的子思子塑像

对于国家治理来讲,毫无疑问,任贤使能是重中之重。对于君主而言,当然明白这个道理,没有人不知道要任用才能出众的贤者。但是,事实上并非如此。比如,子思就看到了君主们并不能重用贤能的人,他心生疑问,向孔子请教为什么。孔子说:"君主并非不想任用贤者。任官授职之所以遗失贤能,是因为君主自己不够英明。那些君主根据人们的称誉给予奖赏,根据人们的非议诋毁给予惩罚,这样一来,贤能的人是不会任职的。"孔子认为并非君主们在主观上不想任用贤者,只是在客观上由于他们的认知能力不够、英明不足，以至于根据他人的称誉或诋毁加以判断，而没有自己独立的审视与见解，任官授职时才遗失贤能。那么，事物有不同的种类，事情有真假，一定要仔细思考方可做出正确的抉择。"用什么来分析判断呢？"子思进一步追问。孔子坚定地说："用心。内心的精神可以通达事理，推究探求事物的道理和规律，不被事物表面现象所迷惑，全面周密地考察自己所看到的事物，圣人不也觉得困难吗？"这样看来，用心全面周密地审查判断事物并非易事，的确是人们需要努力的方向。

治国化民既需要礼乐也不能离开法治，为什么孔子一再强调礼乐的功用呢？子思向孔子请教说："我多次听到您的告诫，匡正社会风气、教化百姓的政令没有比礼乐更好的了。管仲采用法律治理齐国，天下百姓称许为仁者，法律与礼乐用意不同但功效却相同，何必只用礼乐呢？"孔子说："尧舜化民之教，历经一百个朝代也不会停息，崇尚仁义的风气流传久远。管仲用法治国，他死了之后，法令也就被废止了，这是因为对百姓严苛而缺乏恩惠啊。像管仲那样的智慧，能够施行善法，才能不如管仲却只用法治国，最终只会造成政治败坏。"原来，在匡正社会风气、教化百姓方面，与法治相比，礼乐可以在更加漫长的时空中发挥作用，源远流长。单单用法治国则不然，对百姓严苛而缺乏恩惠，即使是管仲那样有智慧的人，也只能使法治在短期内起作用，长远来看，最终只会造成政治败坏。

2. 子思见卫侯

在周代，鲁国与卫国都是姬姓国家，算是兄弟之邦。其中，鲁国是周公旦的封地，卫国的首封之君是文王的儿子、周公的弟弟康叔。孔子周游列国十四年，首先选择的是卫国。在周游途中，孔子经过卫、曹、宋、郑、陈、蔡、楚诸国，在这些国家中，孔子有些停留的时间长，有些停留的时间短，有些仅仅是路过而并不停留，有些则是往复而长期居住。在这些国家中，卫国是孔子所到次数最多、停留时间最长的国家。孔子的嫡孙孔伋，也有一段时期居住在卫国。当时，卫国国政日非，子思曾就治国理政问题，多次对卫侯提出忠告。

在卫国期间，子思曾与卫君谈论起卫人苟变。苟变是今山东省成武县人，战国时期卫国的名将。在子思看来，苟变是位将相之才，可作统率之人，于是他向卫君举荐。

子思说："苟变的才干可以带兵五百乘，如果您任用他带兵打仗，统率之人用人得当，那么您就天下无敌了。"对于苟变的才干，卫侯并非全不知晓，但是，之所以不用他是有原因的。卫侯说："我知道他的才能可以为将。不过，苟变做小吏的时候，征税时吃过百姓两个鸡蛋，因为这个原因没有用他。"原来苟变曾在征税时私贪百姓鸡蛋，这使得卫候对其品行心生芥蒂。

想一想，卫候的担忧并非没有道理，苟变在做小吏时尚且有贪，谁知道做了将相又将生出怎样的是非。但是，子思却有不同的看法。子思说：
"圣人选用人才，就
像木匠选用木材一样，
取其所长，弃其所短。
就像几抱粗的杞、梓
等这些良木，虽然也
有几尺朽坏的地方，
好木匠是不会抛弃它
们的。这是为什么呢?
因为他们知道那些朽
坏之处妨碍甚小，最
终能够制成极有用的
器物。现在您处在战

子思作中庸处碑

乱的时代，选拔得力的将士，如果仅仅因为两个鸡蛋，而舍弃
保卫国家的将才，这样的事可不能让邻国知道啊!"子思从全
局考虑,在任用人才方面,重点不在于求一个十全十美的人才,
在于求可用之才。那么，什么样的人才是可用之才呢? 子思
强调了一个观点，那正是尺有所短、寸有所长，用人所长则
尽是可用之才。尤其在当时的社会环境中，具体而言，在战
乱中，选拔保卫国家的将才是重中之重，不可因为小节误其
大用。

　　听到这里，卫侯恍然大悟，连连作揖，感谢子思教诲，并
表示一定听从教导。

3. 鲁穆公师事子思

鲁穆公，名显，是战国初鲁国国君。他注重礼贤下士，曾隆重礼拜子思，咨以国事。在其统治时期，鲁国一度出现安定局面。鲁穆公经常向子思咨询请教。子思作为鲁穆公的老师，常常对他直言不讳。

一次，鲁穆公请教子思：“什么样的臣子才算得上忠臣？”子思直言不讳，朗声回答：“那些总是指出君主所犯错误的人，才称得上忠臣。”听到这里，鲁穆公有些不能接受，脸上露出不悦之色。当子思离开后，他和成孙戈谈起自己和子思的对话，明确表示不明白子思为什么要那样说话，使自己并无所得。令鲁穆公意外的是，成孙戈大加赞赏子思的话。成孙戈说：“为了君王的缘故而失去生命的人，这种人是有的。总是指出君主做的坏事的人却从未有过。为了君王的缘故而失去生命的人，不过是尽忠于爵禄。总是指出君主做的坏事的人，是远离爵禄的。为了义理而远离爵禄，如果不是子思，我是不会听说这种事的。”如果一个人贪恋爵禄，他也许能做到尽忠于君，但是断然不会指出君之所非。而一位真正的君子，当他真正要心系天下苍生时，他定然将以百姓心为心，以百姓的利益得失作为判断标准，甚至以此对君王的行为加以判断，指出他们的是非。要做到这一点，他们所要舍弃的定然是自身的爵禄得失。

又有一次，鲁穆公见到子思，掩饰不住内心的惶恐和愧疚，问子思：“自己没有什么德行，已经登基三年，继承祖业如此之久，不知道怎样做才能获得好的名声；而且想掩藏先君的过失，以传颂先君的善行，让人们谈论的时候能有所遵循，这样做如何呢？恳请您予以教诲。"子思果然毫不客气，回答说："以我所听到的来说，舜、禹对于他们的父亲，并不是没有私情，但这种私情是非常细微而渺小的，比不上公义重要，因此他们不敢以私心做事。如果要求我弄虚作假，就不是我所愿意说的了。"鲁穆公认为这样想是能够给百姓带来利益，子思却不以为然，说道："假如您有施惠百姓的心愿，还不如摒弃一切非法的事情。拆毁无人居住的房屋把土地赐给贫穷百姓，削夺您宠爱的人的俸禄来赈济贫困的人们，使现在的人们没有悲伤和怨恨，使后世的人们都能听到和看到您的恩德，也许这样做更合适吧？"在子思看来，要做到真正继承祖业，绝不在于弄虚作假地掩藏先君过失，而在于以切实的行动施惠百姓，赈济贫困，真正地彰显恩德于民。

（七）亚圣孟子

1. 孟子的志向

孟子对孔子充满敬仰，他认为虽然古代圣人众多，但自有人类以来，没有谁能比得上孔子。有一次，孟子给他的弟子们讲了自己的心愿："我的志向就是能够向孔子学习。可惜，我离着孔子已经一百多年了，没办法亲听，只能从传述孔子学说的儒者那里学习一些孔子的思想。"

为什么要"学孔子"呢？与古代的贤哲相比，孔子的卓异之处在哪里呢？孟子当然有自己的思考。先说伯夷和伊尹。伯夷，商纣王末期孤竹国君主的长子，为了帮助父亲实现让弟弟叔齐做继承人的愿望，他离家出走，历史上"夷齐让国"的故事便由此而来。伊尹，就更有传奇色彩啦！他出生于夏朝末年，从一个烧火做饭的奴隶开局，本来过着底层卑贱的生活，最后成功逆袭做了商汤的右相，还辅佐商汤灭了夏桀，创立了商朝，并成了中国历史上的一位贤相。伯夷和伊尹同样流芳百世，但是，他们的主张并不相同。不认可的君主不侍奉，不认可的百姓不使唤；天下太平就出仕，天下混乱就隐居，这是伯夷。任何君主都可侍奉，任何百姓都可使唤；天下太平出仕为官，天下混乱也是如此，这是伊尹。那么，孔子呢？在周游列国之时，该出仕就出仕，该辞职就辞职，该久待就久待，该暂住就暂住，这是孔子。孟子认为他们都是古代的圣人，自己还做不到他们那样。至于所希望的，是向孔子学习。

亚圣坊

弟子公孙丑进一步追问："既然伯夷、伊尹、孔子都是古代的圣人，那么，伯夷、伊尹可以与孔子相提并论吗？""当然不一样。"孟子的回答果断而坚定。他接着说："自有人类以来，没有比得上孔子的。""那么，他们有相同的地方吗？"公孙丑穷追不舍。对于他们之间的相同处，孟子也是认可的，那便是："如果让他们管理方圆百里的土地，都可以使诸侯来朝，天下归附；如果做一件不义的事，杀一个无辜的人因而得到天下，他们都不会做。这是他们相同的地方。"接下来，公孙丑还想知道他们不同的地方又在何处。孟子说："宰我、子贡、有若的智慧足以了解圣人，虽然地位低下，但不会对喜欢的人加以追捧。宰我说：'以我对先生的观察，先生远远超过了尧、舜。'子贡说：'看见一国的礼俗，就可以了解这个国家的政治；听到一国的音乐，就可以了解这个国家的道德风气；即使从百代以后去评价百代以来的君王，任何一个君王都不能违背孔子之道。从有人类以来，没有谁比得上孔子。'有若说：'难道只是人类存在差别吗？麒麟之于走兽，凤凰之于飞鸟，泰山之于土堆，河海之于水沟，都属于同类；圣人对于百姓，亦是同类，但圣人高出了同类，超出了同群。自有人类以来，没有比孔子更伟大的了。'"

孟子借宰我、子贡、有若之口盛赞孔子，认为自从有人类以来，没有谁比得上孔子，没有比孔子更伟大的。这是孟子发愿"学孔子"的自信与底气。

2. 孟子辟杨墨

孟子发誓要学孔子，更坚定地践行着捍卫孔子之道的使命。

那个时候，杨朱、墨翟的学说充塞天下。天下的言论，不是归向杨朱，就是归向墨翟。可以见得，杨朱与墨翟学说在当时的影响力之盛。杨墨，指战国时期杨朱与墨翟的学说。杨朱主张"为我"，墨翟主张"兼爱"，是战国时期的两个重要学派。

孟子经常在弟子们面前批评杨朱或墨子。弟子们不理解，老师孟子为何这般激烈地批评杨朱和墨翟，于是前去请教。孟子见弟子们认不清杨墨学说的危害，很是担忧，于是，非常耐心地分析起来："世道混乱、世风日下，除了王道衰微、残暴的行为纷纷出现外，还有一个重要的原因不可忽视，那便是荒谬的学说混淆了人们的视听，使得本就混乱的世道乱上加乱。其中，以主张'为我'的杨朱与主张'兼爱'的墨翟为典型代表。杨朱主张拔去一根毫毛有利于天下，他都不愿意做。这样的做法是无视国家存在的价值。墨翟提倡摩秃头顶、磨破脚跟，只要对天下有利的，他都会去做，爱别人的父母与爱自己的父母奉行同样的标准。但是，这样的行为却没有从根本上区别亲疏贵贱，这样的做法是取消了父子伦理。后果非常严重。确立父子亲情，保证政治上的君臣秩序，是人与动物世界的最大区别。所以，杨朱和墨翟，否定了父子君臣的伦理，简直就是禽兽。杨朱、墨翟的学说不破除，孔子的学说就不能发扬，荒谬的学说由此欺骗了百姓，阻塞了仁义。仁义被阻塞，就等于带领禽兽去吃人，人们之间互相残杀。"

听孟子这样一番慷慨陈词，弟子们仿佛若有所悟，渐渐意识到自己的浅薄，没有发现这些令人激动的学说，居然有这样的危害。于是，弟子又问老师："老师，面对这样的局势，我们又该做点什么呢？"孟子看到弟子们的反应，心头掠过一丝的欣慰，于是继续慷慨地说道："我的使命便是出来捍卫古代圣人的学说，去抵制杨、墨的学说，驳斥荒谬的言论，使那些宣传邪说的人不再得势。邪说在心里产生，就会危害行动；危害了行动，也就危害了国政。"弟子们被老师的担当精神感动了，这时，孟子又补充了一句："即使圣人再度兴起，也会同意我的这番话。"

孟子担当起端正人心、破除邪说的使命，以此反对偏激的行为，驳斥荒唐的言论，以继承圣人的事业。不难想象，在这个过程中，孟子力辩群雄的场景。对此，孟子自言："我哪里是喜欢辩论啊，而是不得已啊！"然而，孟子也深深地认识到，能够以言论来反对杨、墨的，也就是圣人的门徒了。

3. 孟子与淳于髡的辩论

淳于髡，是齐国名士，博学多才、善于辩论，在稷下学宫中是非常有影响力的学者之一，并长期活跃在齐国的政治和学术领域。然而，对于孟子及其学说，淳于髡始终持有否定的态度。

有一次，两人一见面，就产生了意见分歧。淳于髡首先发难，指责孟子："重视名誉功业，是为了济世救民；轻视名誉功业，是为了独善其身。先生为齐国三卿之一，上不能辅佐国君，下不能造福百姓，却要辞职而去，仁者原来是这样的吗？"很明显，淳于髡不赞成孟子的做法。

孟子当然有自己的理由，于是，毫不客气地予以反驳："身居下位，不以自己贤能之身侍奉无德之君，这是伯夷；五次前往商汤那里，又五次前往夏桀那里，这是伊尹；不厌恶污浊之君，不拒绝卑微的官职，这是柳下惠。三个人的处世之道不同，目标却是一样的。一样的是什么呢？就是仁。君子只要做到仁就行了，何必要相同呢？"淳于髡认为仁者当是上辅佐国君，下造福百姓，在这些方面，孟子都没有真正实现却要辞职离去，因此，他质疑孟子是否为仁者。孟子提出伯夷、伊尹、柳下惠三人有共同之处，同在以身行仁。由于他们性格、处世风格不同，在外在事功方面的表现亦有不同，但并不影响三人同样为仁。事功，不能成为对仁者的判断标准。

淳于髡并没有被孟子的反驳所撼动，接着进攻："鲁缪公时，公仪子主持国政，泄柳、子思都在朝为臣，可是鲁国却更加削弱，贤者对于国家没有益处，就像这样啊！"孟子只得顺着淳于髡的话，摆事实、讲道理，说："虞国不用百里奚而灭亡，秦穆公用了百里奚就称霸。可见不用贤人就会亡国，岂止是削弱呢？"淳于髡不依不饶，继续说："从前王豹住在淇水边，河西的人因而善于唱歌；绵驹住在高唐，齐国西部的人因而善于唱歌；华周、杞梁的妻子痛哭她们的丈夫，因而改变了一国的习俗。里面有的，一定会表现在外。做了一件事却见不到功效，我还不曾见过。所以现在是没有贤者，如果有，我一定会知道。"这样看来，淳于髡所否定的并不是贤达之人的功用，他所否定的是子思、孟子等人的功用，原因在于子思没有使鲁国的国力增强，而孟子也没有改变当世的风俗。因此，子思、孟子皆没有资格成为贤人。

面对淳于髡直接而又尖锐的质问，孟子转移了话题，他说："孔子做鲁国司寇，不被信任，跟随鲁君去祭祀，祭肉没有按规定送来，于是顾不上脱下祭帽就离去。不了解孔子的，以为他是为了那点祭肉；了解孔子的，知道他是因为鲁国失礼而离去。至于孔子，则是想自己背一点小罪名而离去，不想随便辞官而去。君子的作为，本来就是一般人所不能理解的。"

在与淳于髡的辩论中，孟子的最后一句话意蕴深刻，引人深思，那便是君子的作为本来就是一般人所不能理解的。人们往往以能够直接看到的、感受到的事功作为贤达与否的判断标准，然而倡导仁义忠信、乐善不倦也许并不像外在事功那样直接而明显，但是，作为人类的生存法则，谁能否定仁义忠信呢？谁又能真正认识到仁义忠信的作用呢？这的确应该深思。

4. 孟子见梁惠王

孟子为了推行自己的主张，也在列国之间不断地穿梭，拜访国君，游说诸侯，希望能够得到施展抱负的机会。这一次，他来到了魏国，见到了梁惠王。梁惠王，是魏国国君，姓毕，名罃，谥号为"惠"。公元前362年，魏将国都由安邑迁至大梁，故魏也被称为梁。

梁惠王见到孟子，寒暄之后，就切入正题："老先生，您不远千里而来，可是为我国带来什么利吗？"孟子闻听这位国君发出如此急功近利的问题，很是不屑，所以他没有顺着梁惠王的问题回答，反而将了一军："大王何必张口就谈利呢？你关心的应该是仁义之事啊！"将话锋一转,直奔自己的主张——仁义。孟子为了让梁惠王明白他刚才问题的危害,给梁惠王分析道: "如果大王说用什么办法使我的国家获利;大夫也会说用什么办法使我的家族获利;那么一般的士人和老百姓说用什么办法使我自己获利。这样的话,上上下下互相争夺利益,那么,国家就危险了啊!在一个拥有一万辆兵车的国家里,杀害国君的人,一定是拥有一千辆兵车的大夫;在一个拥有一千辆兵车的国家里,杀害国君的人,一定是拥有一百辆兵车的大夫啊。"

说到这里,孟子顿了一顿,看了看梁惠王。此时,梁惠王已经没有了先前的急切,而是被孟子的话打动了,陷入了沉思之中。孟子接着说: "从来没有讲仁的人却抛弃父母的,也从来没有讲义的人却不顾君王的。"所以,孟子最后提高了嗓门,朗声对梁惠王说道, "所以,大王只说仁义就行了,为什么一定说利呢!"

孟子开门见山,向梁惠王抛出了"义利之辨",希望以此唤醒沉浸在名利欲望之中的君主。孟子的这番陈说,义正词严,振聋发聩,可惜梁惠王还是没能真正明白,更不会放弃自己对名利的无穷之欲。这是孟子的悲哀,更是君主们的悲剧!

5. 孟子见齐宣王

战国时期,齐国是第一等的强国。为了推行自己的政治主张,去齐国游说,是孟子必然的选择。

这一年，孟子来到齐国，与齐宣王多次会面、多次对话。

齐宣王也非常期待与孟子的会面，他一见到孟子，马上急切地问："齐桓公、晋文公的事迹，我能请您讲给我听吗？"他所关心的还是霸道，这与孟子内心的主张是截然不同的。孟子本来也很期待这次会面，他想把王道的主张灌输给齐国的这位君主，一旦齐国行王道，那么天下就有希望了。于是，孟子马上把齐宣王的问题给拦住了："孔子的门徒们没有谈到过什么齐桓公啊、晋文公啊之类的事迹，后世没有流传，因此我也没听说过。非要讲的话，那我还是说说王道吧！"

宣王对王道没有信心，于是问道："要多么高尚的德行才能够实行王道啊？"孟子马上应声说："通过保养老百姓去实现王道，便没有人能够阻挡。"宣王问："像我这样的人，可以保养百姓吗？"孟子毫不犹豫地给出了答案："当然能。"宣王自己都不相信，对孟子的话还是心有疑虑，于是试探着问道："您凭什么知道我能够做到呢？"孟子缓缓说道："我听你的大臣胡　说，有一次，王坐在殿堂上，有人牵着牛从殿下走过，王看见了，便问：'牵牛到哪里去？'那人回答：'准备杀它来衅钟。'王便说：'放了它吧！我实在不忍心看到它那哆哆嗦嗦的样子，好像没罪的人却被押送刑场！'那人说：'那么，就不衅钟了吗？'王又说：'这怎么可以废弃呢？用只羊来代替吧！'——有这么回事吗？"宣王点点头，说道："有的。"

孟子听齐宣王急切地说出"有的"二字，微微颔首，哈哈一笑，也肯定地回复说："有这样的想法足以实行王道了。老

153

百姓都以为王是舍不得，而我明白，这是王不忍心呢。"宣王听到孟子的话，心头的一块疙瘩终于解开了，所谓知音难觅，这下子齐宣王是实在地感受到了。此时，他提高了嗓音，说道："对呀，确实有这样想的人。我齐国虽然狭小，但我又何至于舍不得一头牛啊？我只是不忍心看到它不停地哆嗦，就像没犯罪的人，却被押去斩决，所以才用羊来替换它。"孟子说："百姓以为王舍不得，王也不必奇怪。您用小的来换取大的，那些人怎么会清楚王的想法呢？如果说可怜它'像没犯罪的人却被押去斩决'，那么牛和羊又有什么好选择的呢？"宣王笑着说："是啊，这到底是一种什么心理呀？我确实不是吝惜钱财才用羊来代替牛。您这么一说，百姓说我舍不得真是理所当然的了。"

　　孟子连忙解释说："这也没什么关系。这种怜悯心正是仁爱的体现啊！因为王只看见了牛，却没有看见羊。君子对于飞禽走兽，看见它们活蹦乱跳，不忍心看到它们死去；听到它们的叫声，不忍心吃它们的肉。所以，君子总是远离厨房，就是这个道理。"宣王高兴地说："有两句《诗》说：'别人想的啥，我能猜到它。'就是说的您这样的人。我只是这样做了，可不知其中的所以然。经您这么一说，我的心便豁然开朗了。但您认为我的这种想法合于王道，又是为什么呢？"孟子继续引导齐宣王，于是举例说："假如有个人向王报告说：'我的臂力能够举起三千斤，却拿不起一根羽毛；我的眼力能把秋毫看得一清二楚，却看不见眼前的一车柴火。'您会同意这话吗？"宣王摇摇头，说："自然不会。"

　　孟子顺势而发，接着说："如今王的仁爱之心足以及于禽兽，却不能及于百姓，这是为什么呢？这样看来，一根羽毛都拿不起，只是不肯下力气的缘故；一车子柴火都看不见，只是不肯用眼睛的缘故；老百姓不被保养，只是不肯施恩的缘故。所以，王未曾实行王道，只是不肯做，不是做不到啊。"宣王听得有点糊涂，问道："不肯做和做不到，有何不同呢？"孟子说："把泰山夹在胳膊下跳过北海，告诉别人说：'这个我做不到。'这是真的做不到。替老年人按摩四肢，告诉别人说：'这个我做不到。'这是不肯做，不是做不到。王不行仁政，不属于把泰山夹在胳膊下跳过北海一类，而属于替老年人按摩肢体一类啊。"

孟子看了看齐宣王，正听得入迷，于是接着说："孝敬我家里的长辈，并把这孝敬推广到别人家的长辈；呵护我家里的儿女，并把这呵护推广到别人家的儿女。一切施政措施都基于这一点，治理天下就如同在手心转动小球一样了。《诗经》上说：'先给妻子做榜样，然后扩展到兄弟，进而推广到封邑和国家。'就是说把这样的好想法扩展到其他方面就行了。所以由近及远地把恩惠推展开，便足以保有天下；不这样，甚至连自己的妻子儿女都保护不了。古代的圣贤之所以远远地超过一般人，没有别的诀窍，只是他们善于扩展他们的好行为罢了。如今您的恩情足以扩展到动物，百姓却得不到好处，这是为什么呢？称一称，才晓得轻重；量一量，才知道短长。什么东西都如此，人的心更是这样。王考虑一下吧！"

孟子滔滔不绝的雄辩在这次对话中展露无遗，而孟子劝导霸主回归王道的循循善诱也清晰可见。经过一番心理的疏导，孟子最后告诉齐宣王还是要推行王道，而齐宣王也产生了兴趣。于是，孟子提出了自己的策略："王如果要施行仁政，为什么不从根基着手呢？每家都有五亩地的宅院，院里种满桑树，五十岁以上的人就可以穿上丝绵衣了。鸡、狗和猪的畜养，不要耽误繁殖的时机，七十岁以上的人就有肉吃了。每家都有百亩田地，不耽误农时，八口之家就可以吃饱肚子了。办学校，反复地用孝悌的道理教育他们，那么，须发斑白的老人也就用不着背负、头顶着重物奔波于道路上了。七十岁以上的老人也就有丝绵衣穿、有肉吃了，平民百姓不受冻饿，这样还不能使天下归服，是从未有过的事。"

闻听王道，尤其是孟子抽丝剥茧般的分析，让齐宣王一时兴奋起来，不免跃跃欲试。然而，内心存有大欲的霸主，在那样的现实之中，却没有真心实意地去追求王道。

6.孟子教滕文公

滕文公，是战国时滕国的贤君，也是孟子一生周游列国遇到的唯一一个愿意听孟子的话，践行孟子主张的君主。

在滕文公还是太子的时候，就曾拜见孟子。那时，孟子正住在宋国，滕文公出使楚国，途中他拜会了孟子，返程时又一次拜会了孟子。孟子讲人性本善的道理，言谈必称尧舜，这样的理念深深地触动着年轻的滕太子的内心。滕定公去世，滕文公就派人到邹国，询问孟子对其父丧礼的意见。孟子建议实行三年之丧，这是夏、商、周三代通行的礼制，并认为能否实现的关键在于滕文公自己。后来，滕文公果然行三年之丧，并收到了良好效果，得到了百官和同族的认可。滕文公也进一步增强了对孟子的信任。滕文公经常向孟子请教怎样治理国家。

一天，二人又在一起聊天。滕文公请教治国之道。孟子说："老百姓的事是延缓不起的。《诗经》上说：'白天把茅草割，晚上把绳儿搓；赶紧上房修理，按时把五谷播。'老百姓有他们的规律：有固定产业的人才有一定的原则，没有固定产业的人便不会有一定的原则。没有一定原则的人，就会胡作非为违法乱纪，什么事都做得出来。等到他们犯了罪，然后加以处罚，这等于陷害。哪有仁人在位却做出陷害老百姓的事呢？所以贤明的君主一定要敬业、节俭、礼遇臣下，尤其是取之于民要依照一定的制度。阳虎曾经说过：'要想发财就不能仁爱，要想仁爱就不能发财。'"在讲明白了"有恒产者有恒心"的道理后，孟子又对夏、商、周以来的赋税制度做了一番解释，并建议滕文公采用周代的助法。井田制就是这样的一种制度。然后，孟子又强调兴建学校，教授伦常道德。最后，孟子引用《诗经》"周虽旧邦，其命维新"的句子来勉励滕文公："你努力实行王道吧，也让你的国家气象一新！"

根据孟子的建议，滕文公在国内推行仁政，实行礼制，兴办学校，改革赋税制度等。不久，滕文公名声大震，远近都称文公为"贤君"，自愿来滕定居者络绎不绝。数年后，滕国人丁兴旺，国富、民强、君贤，善国之名远扬。

四

三孔两孟里的千载辉光

济宁的曲阜、邹城因为孔子、孟子的出现而成为圣域。尤其是随着后世的尊孔崇儒，帝王将相兴建庙宇、祭祀圣贤，文人士子流连于此、歌颂咏赞，在三孔两孟中留下了大量的故事，正是儒学兴盛、影响深远的历史见证。

（一）三孔的典故

1. 鲁哀公建孔庙

孔庙，是纪念和祭祀孔子的礼制性建筑。最早的孔庙其实是在孔子故宅的基础上建成的，而这个首个建庙的人就是鲁哀公。我们知道，孔子周游列国十四年，返鲁的时候正是鲁哀公十一年。孔子生命的最后五年，与鲁哀公有多次长谈，交流非常深入。鲁哀公对孔子也充满了尊重，有眼光的鲁哀公营建了孔庙。

孔子去世后，鲁哀公致辞哀悼说："旻天不吊，不慭遗一老，俾屏余一人以在位，茕茕余在疚。呜呼哀哉！尼父，无自律。"意思是说，老天爷不仁慈啊！竟不为我留下这一位国老，让他抛下我一人在君位上，孤孤单单，忧伤成病。多么悲哀啊，老先生！我从此没有了效法的榜样。次年，也就是公元前478年，鲁哀公命人将孔子生前所居三间房屋改作孔氏家庙，里面陈列着孔子使用过的"衣、冠、琴、车、书"，"因以为庙，岁时奉祀"，即每年按时祭祀，并派兵卒守护，但这时的建筑规模和内容都非常简朴。鲁哀公建孔庙，这是由诸侯国君设立的第一座孔庙，也是中华大地第一座孔庙。

汉代以后，孔子及儒学地位逐渐提高。汉高祖十二年（前195），刘邦"自淮南过鲁，以太牢祀孔子"，同时封孔子九代孙孔腾为"奉祀君"，专主孔子祀事。东汉明帝时，诏命祀先师孔子和先圣周公。据《阙里志》载："灵帝建宁二年，祀孔子，依社稷。"也就是说，孔子享受和社稷神同样的规格。此后，历代君王常亲莅孔庙祭孔，孔庙被历代帝王所器重。

不管对鲁哀公作怎样的评价，从某种意义上说，他还是懂得孔子的价值，表达了自己的敬重的。

2. 刘邦以太牢祭孔

中国历史上，第一个来曲阜祭祀孔子的皇帝，便是汉代的开国之君高祖刘邦。

汉高祖十二年（前195），刘邦率大军至淮南平定叛军。胜利后，到了故乡沛县，与乡亲父老欢宴数日。十一月，刘邦便在群臣的簇拥之下，率领胜利的大军，浩浩荡荡来到鲁城，也就是曲阜。

　　他此行的目的就是要摆出一种尊孔的姿态，以获得天下儒生的认可。

　　刘邦本来是个粗鲁之人，非常讨厌礼仪等烦琐之事。不过，在他十几年前登基时，切身感受过朝廷无礼失序的混乱和无奈，经由儒生叔孙通制定朝仪而明白了礼仪的价值。这次，刘邦在相礼官的指引之下，身穿礼服，表情肃穆，毕恭毕敬，非常庄重地行礼如仪。更为难得的是，经过像陆贾等儒生长时期的熏陶，他发现孔子学说的重大意义。这一次，他决定用当时最高级的礼仪方式——"太牢之礼"来祭祀孔子。所谓太牢，就是整牛、整羊、整猪三牲俱全。这是当时祭天的规格，也就是最高的礼遇。

　　刘邦也成为历史上第一个亲自到孔庙祭拜孔子的皇帝，开启了历代帝王祭孔的先例。同时，他封孔子的九世孙孔腾为"奉祀君"，专职祭祀孔子，做孔子的法定继承人。另外，还下诏规定，各诸侯、公、卿、将、相乃至郡守，都要先谒孔子庙而后才能去上任。这些措施，不仅使得刘邦开了后世帝王祭孔之先河，而且开了后世帝王令地方长官上任前先谒孔庙后从政的先例，对当时和以后的孔子地位提升具有极大的示范效应。

　　其后，在汉代，孔庙得到国家的重视。国家设立专人负责祭祀，又有专门负责林庙洒扫的吏员。到东汉桓帝时，在孔庙置百石卒史一人，担负守卫之责，并在春、秋时节举行享礼，所有开销均由国家财政负担。守庙官的确立，表明孔庙的管理由孔子后裔的个人行为变成了国家行为，初步奠定了孔庙在国家政治生活中的地位。

3. 米芾与先师手植桧

走进大成门之后，我们进入了孔庙的第七进院落。我们不要着急往前走。你一回头看见大成门内石陛东侧石栏内，有一棵桧树，也就是圆柏，粗可合抱，树冠亭亭如帷盖，青茏苍翠，树身似铜，高达二十多米，树头向南倾斜，已经斜靠在大成门屋顶上。在树的旁边，立有一块石碑，上写：先师手植桧。不过，这棵所谓的孔子亲手栽植的桧树，却有着十分曲折的命运。

据传说，孔子亲手栽植的桧树，在晋怀帝永嘉三年（309）枯死，隋大业十三年（617）复生，唐乾封二年（667）又枯，宋康定元年（1040）再生，金贞佑二年（1214）毁于兵火。元至元三十一年（1294）由三氏学堂教授将原东庑废墟上发出的

先师手植桧

桧树苗移栽于此地，即为第四代手植桧。明弘治十二年（1499）孔庙着火，此树被烧死，仅存树身。清雍正二年（1724）再次着火，烧毁树身，仅存约半米高的树桩。现在的桧树是清雍正十年（1732）复生的再生桧。

宋代大才子、书法家米芾曾经来到孔庙，写下一首《孔圣手植桧赞》："炜东皇，养白日。御元气，昭道一。动化机，此桧植。矫龙怪，挺雄质。二千年，敌金石。纠治乱，如一昔。百代下，荫圭璧。"这一米芾手书的碑刻，现存曲阜汉魏碑刻陈列馆。从上面的传说可以看出，历代的孔子后裔、文人士大夫对于这棵树非常重视，并将其几度死而复生的故事，视为儒学命运浮沉的象征，甚至国运兴衰的象征。据斯诺的《西行漫记》记载，毛泽东上个世纪二十年代来曲阜时，还专门到过孔庙，瞻仰过这棵传奇的桧树："在历史性的孔庙附近那棵有名的树，相传是孔子栽种的，我也看到了。"

4. 金人设立下马碑

从棂星门前左右看，大概三十米开外有两块石碑，叫下马碑。上面写"官员人等至此下马"。这是昔日皇家设立的谕令碑。这就是所谓的"下马碑"。碑最初立于金明昌二年（1191），金章宗诏令孔子庙前置下马碑，刻文为"文武官员军民人等至此驻轿下马"。永乐十五年（1417）重刻为今字样，一说为清康熙二十九年（1690）立。

明成化十八年（1482），明宪宗下诏要求在文庙正门的东西分别设立下马碑，规定文武官员在两个下马碑之间必须步行通过，锣鼓仪仗也偃旗息鼓，以表示对孔子的尊重。由此全国文庙都设有下马碑，孔庙从此享受到了"王"的崇高待遇。但是由于没有统一规定，所以各地的下马碑文字并不一样。清康熙二十九年（1690）再次申令："文庙前左右竖下马碑，一应文武官员军民人等在此下马。"所有来曲阜祭孔的官员，无论职位高低，来到孔庙前见到此碑，须文官下轿，武官下马。为什么要这样做？是要表达对我们祭祀的先贤的礼敬，保持对圣贤的敬意。你大摇大摆地进去实在不行，我们要用谦卑的心态走进这个圣庙。

5. 胡缵宗与金声玉振坊

胡缵宗是明代的一位儒家士大夫，对孔子格外尊崇。他曾多次来曲阜朝圣，写下了大量诗篇，有的就刻石保存在孔庙之中。他有一首《孔子赞》四言诗："一以贯之，金声玉振。是谓大成，贤于尧舜。教在六经，道该群圣。生民以来，未有其盛。"最能代表胡缵宗对孔子及其思想的赞扬。"金声玉振"是胡缵宗用来表彰孔子的话，但并不是胡氏自己杜撰的词，而是有典故出处的。

孟子说："金声而玉振者也。"什么叫"金声而玉振"？这里的"金"可不是金子。在战国之前"金"主要指铜及其合金，比如我们把青铜器铭文称为"金文"。另外，"金"又是古代八音之一，指铜质钟、镈、铙等。孟子这里说的"金"就是指编钟。"玉",其实也不是真正的"宝玉",古时候将"石之美者"称为"玉"。古人认为"玉"是石头中非常精美的一种。当然,古代早期对于"玉"的定义是比较宽泛的。这里的"玉"是指"磬",石质的,当然也不是普通的石头做的。"金声"就是古代乐器编钟发出的声音,"玉振"则是古代乐器石磬发出的声音。古代演奏音乐,以击钟为始,击磬为终。

金声玉振坊

　　"金声玉振"是将孔子思想比喻为一首完美的华丽的乐章。著名历史学家杨向奎先生曾说,孔子将礼乐做了新的诠释,在乐的协调下,"礼不再是苦涩的行为标准,它富丽堂皇而文采斐然,它是人的文饰,也是导引人生走向理想境界的桥梁"。孔子不仅在理论上诠释了礼乐,而且用自己的生命诠释了礼乐的功能。有学者认为,如果我们在先秦诸子中寻找一位既为实现理想而奔波劳苦,又将精神生活处理得风雅诗意的人物,那一定非孔子莫属。确实如此！孔子被誉为"圣人"，并不是随意的吹捧，而是真正达到了我们常人难以企及的圆满。所以，孟子说："孔子之谓集大成。"并且用"金声玉振"来形容孔子、赞美孔子，可谓贴切之至！

6. 康熙亲题万世师表匾

在古代，孔子被誉为"至圣先师""万世师表"，在今天，孔子被誉为"世界十大文化名人之首""伟大的思想家、教育家"，孔子早已化为中国文化的象征，他的教诲深入人心，融入血脉，不管是饱读诗书的士人，还是大字不识的老妪，举手投足间，你总会发现圣人的遗泽。因此，如果你想了解中国，了解中国文化，自然应当从孔子这里开始。

万世师表匾额

167

大成殿原有十块匾额都是清代皇帝题的，今存八块。每块匾额长6米多，高约2.6米，雕龙贴金，精美华丽。孔子神龛上面正中有两块匾额。其中最上面的一块是"万世师表"匾额，这个匾额意在强调，孔子是我们所有人永远的表率、楷模，是我们师法的对象。

"万世师表"是康熙皇帝在康熙二十三年（1684）来曲阜祭孔时所书。这幅榜书大字，长405厘米，宽120厘米，下笔沉着稳重，力道均匀，收笔利落爽快，墨色层次清晰，结体端正严谨，线条厚实质朴。

康熙二十三年(1684)，三藩之乱平定，南明的抵抗也已平息，举国安稳了，三十一岁的康熙开始南巡，回銮时，在曲阜驻跸三天两晚。在快到曲阜的时候，颁布圣谕："阙里为圣人之域，秉礼之邦，朕临幸鲁地，致祭先师，正以阐扬文教，振起儒风。"随即令臣下议定祭孔的仪节，在孔庙大成殿行三跪九叩之礼祭祀孔子。随后，康熙郑重拿出写好的"万世师表"，命令大学士宣读他的谕旨："孔子的至圣之德，与天地日月一样高明广大，无法形容。我向来钻研经义，体思至道，欲加赞颂，却找不到恰当的语言。特书'万世师表'四字，悬挂在殿中，用来阐扬圣教，垂示将来。"康熙随后又不厌其烦地强调他此行的目的，他说：历代帝王到这里祭祀，有的留下金银器皿，而我今日亲诣行礼，对至圣的尊崇超过前代。遂将此行的一把曲柄黄罗伞盖留在孔庙，嘱咐孔氏后裔，在祭祀先师时，要将这些御用的仪仗用品陈列出来，以表明他的尊圣之意。

这块匾额题完之后，不仅悬挂在曲阜孔庙大成殿，第二年皇帝又下旨命天下文庙大成殿都要悬挂。

7. 康熙诗礼堂听经

在今天的孔庙东路，有一座诗礼堂。面阔五间，绿瓦悬山顶，正面没有安门，是敞开式的。这里原为孔子故宅，在宋代曾是宋真宗祭祀孔庙的驻跸之所，后改为斋厅，供孔氏族人祭祀时斋居，并做讲学之用，其后有穿心连廊与后面的斋堂（今崇圣祠）相连，形成工字型结构。金代重建，省去穿廊。元代初年，孔家为了纪念，便据《论语》取名叫诗礼堂。弘治十七年（1504）重修。

康熙二十三年（1684）十一月十八日，皇帝在抵达曲阜前曾提前颁谕："朕幸阙里，将行礼讲学，邹鲁圣贤之乡，意必有学问淹通之士。"命从当地选能讲经义者撰写讲章进览。经过一番筛选，孔尚任和孔尚鉝被选中为皇帝讲经。

康熙皇帝拜谒孔庙，行三献礼，对孔子像三跪九叩。礼毕，就来到诗礼堂听讲经书。讲筵由孔尚任讲《大学》首章，孔尚鉝讲《易·系辞》。当时三十七岁的孔尚任讲的是《大学》首节："大学之道，在明明德，在亲民，在至于至善。"他条分缕析，探幽发微，深契康熙的圣意。

之后，孔尚任引导康熙游览孔林圣迹。凡皇帝所问，孔尚任皆不卑不亢，应对自如。祭孔活动结束，孔尚任的命运得到了改变，被破格录用为国子监博士。

8. 雍正督修孔庙

以孔庙、孔府、孔林为代表的"三孔"，以其独特的方式承载、展现着孔子思想的智慧之光。

历代皇帝不断褒封孔子，也相应地扩建阙里孔庙。到明清时代，曲阜孔庙的规模基本确立。明洪武三十年（1397），朱元璋下令工部扩建文庙。永乐十年（1412），明成祖下令对孔庙"撤其旧而新之"，进一步扩大了孔庙的面积，奠定了现存孔庙的规模。成化年间，"因阙里之庙岁久渐弊"，故而进行了历时四年的大修，共修葺房屋358间，石柱刻以龙凤。明孝宗弘治十二年（1499）六月，孔庙遭受雷击起火，烧毁殿庑各房123间，皇帝发帑银15万余两，重修奎文阁，加建快睹门和仰高门。大门、大中门由3间扩建成5间。大成殿9间、寝殿7间，皆为重檐。修建大成门、家庙、崇圣庙、启圣殿、金丝堂、诗礼堂各5间。两庑连廊共100间，启圣寝殿3间，神厨24间，库房9间，碑亭2座，衍圣公斋宿房12间。规模壮丽，工艺精致，足称瞻仰，历时四年功成，基本上形成了孔庙现在的规模。

清雍正二年（1724），大成殿遭雷火之灾，世宗敕谕重建曲阜孔庙。这次大修也是因为一场雷火：雍正二年六月初九申时疾风骤雨，雷电交作，大成殿遭雷击起火，蔓延其他殿庑堂门，烧毁房屋133间，除了崇圣祠外，其余都成了一片瓦砾。雍正听到孔庙被烧的奏报，大为震怒，也十分惶恐。

他素服斋居，减膳撤乐，并亲诣国子监孔庙祭奠，宣读告文，以展不安之心。同时，遣礼部侍郎王景曾驰赴阙里祭告，以慰神灵，并决定下拨帑银，重新建庙。雍正皇帝亲自拨帑银15.7万两，诏令工部侍郎马腊会同山东巡抚陈世倌、布政使博尔多相度重修孔庙。他下令孔庙可以用晶莹黄瓦，完全按照皇宫规格重建。

雍正题大成门匾额与对联

这次孔庙重修于雍正三年开始动工，具体实施由山东巡抚负责，期间经历了三任山东巡抚。在各省调集了几十位县令、知县在这儿督工，到雍正八年秋八月，历时六年方才完工。雍正对孔庙的修复，极度上心。凡是殿堂规模都要绘成图册呈报，他亲自审定。然后大成殿、大成门建好，要题匾额、对联。他还提前为大成殿写了"生民未有"的门额。

孔庙这样一座古代礼制与建筑艺术的宝库，不仅在历史上备受尊崇，在今天更应该被珍惜。1935年，现代著名建筑学家梁思成先生来曲阜勘察孔庙、孔林及颜庙。在谈到孔庙的建筑价值时，他称之为"世界上唯一的孤例"。

9. 乾隆与"万仞宫墙"

凡是到曲阜游访过三孔的朋友，大都会对明故城南门上方的四个红色大字——"万仞宫墙"印象深刻。

今天在曲阜明故城正南门门楣上镶嵌的石额，是清朝乾隆皇帝所题。大家知道，清兵入关之后，极力推崇儒学。康熙、雍正都对曲阜孔庙、孔府关心备至。乾隆也不例外，甚至与乃祖乃父相比，是有过之而无不及。据记载，乾隆曾经八次到曲阜朝圣，在三孔留下了大量的题诗与题额。"万仞宫墙"是其中非常著名的一个。

万仞宫墙

不过，这个"万仞宫墙"的匾额最早却不是出自乾隆之手，而是明朝的一位高官胡缵宗。这要从明代曲阜城的改建说起。

172

今天，之所以把这座曲阜城称为"明故城"，是因为它建于明代。1510年，在北直隶也就是今天的河北，发生了一次农民起义——刘六、刘七起义，气势相当大。1511年起义军攻入山东，攻克日照、曲阜、泰安等二十余州县，而明军是一路溃逃。据记载，义军"破曲阜，焚官寺民居数百，县治为墟"，曲阜县城都被攻破，不仅如此，孔庙也遭受破坏。"秣马于庭，污书于池"，奎文阁藏书"焚毁殆尽"，而且祭祀礼器也被毁。起义军撤走后，孔子六十二代孙衍圣公孔闻韶和山东巡抚赵璜连忙上疏，希望将曲阜城改在阙里，以便于保护孔庙，但未得到朝廷的答复。第二年正月，农民军又打到兖州、曲阜一带，当地官府不免惊恐，称"国家二百年，盗贼倡乱，未有甚于此寇者"。于是，按察使司分巡东兖道佥事潘珍再次上疏，建议："县庙必须以守，盍即庙为城，而以县附之。"正德皇帝准奏，诏令于鲁城西南隅，以孔庙为中心重建新城。后来起义军撤出山东，东兖道佥事潘珍上奏朝廷要重修城池和孔庙。于是当时朝廷下令，移城卫庙，把县城从东边迁过来，围绕着孔庙和孔府建一个新的曲阜城。从1512年开始建，花了十年时间，到嘉靖元年，也就是1522年，新曲阜城建成。据乾隆版《曲阜县志》记载，城墙周长为八里三十六步，高二丈，厚一丈。城墙用墙砖包砌而成，城墙外建有护城河。后来清、民国到现代，再也没有变更过。如今这座曲阜城已经有五百多年的历史了。

此城有城门五个，南面有两个城门，一个正对孔庙，是为正南门，名"仰圣门"。乾隆版《曲阜县志》也记载，"金声玉振坊南为县正南门，曰仰圣门"。仰圣，意思是由此可以瞻仰圣人。因为正南门除了举行祭孔等重大礼仪活动，平日里不开，所以才又辟建了东南门，供日常通行。

文献记载，嘉靖十七年（1538）建金声玉振坊时，山东巡抚胡缵宗除题写"金声玉振"外，同时题写了南门"万仞宫墙"的匾额，镶嵌在城门上。胡缵宗是甘肃天水人，是一位相当优秀的儒家士大夫。后来，乾隆皇帝来曲阜朝圣，可能觉得这个位置十分醒目，为表达其崇儒尊孔之意，特重题"万仞宫墙"四字，换下了胡缵宗的原额。同时，乾隆还写了一首诗《万仞宫墙赞》："茆予自幼，被服圣言，明德新民，知易行难。颙有素诚，瞻谒尼山。亦既洎止，敢云得门。"乾隆皇帝很谦虚地说，自己愚笨，但是自幼学习孔子等圣人的教诲。儒家主张明德新民，但是理解起来容易，实践起来却很难。我仰慕已久，一直非常虔诚，要拜谒孔子。今天终于实现，来到曲阜孔庙，但怎么敢说得其门而入呢？

当然，"万仞宫墙"也是有出处的。这四个字出于《论语·子张》篇，记载了孔子弟子子贡说的一段话。大概在孔子刚刚去世的时候，鲁国有个大夫叫叔孙武叔，他公然说："子贡贤于仲尼。"意思是子贡比他的老师孔子厉害多了。当子服景伯向子贡转告了叔孙的评价之后，他的反应不同寻常。他没有因得到如此的褒奖而兴奋，反而对这一说法进行了反驳。

子贡拿什么做比喻呢？子贡说："譬之宫墙。"其实，先秦时期"宫"就是"室"，就是房子，老百姓家住的房子也叫宫。所以，宫墙其实就是房屋宅院的墙。"赐之墙也及肩"，而"夫子之墙数仞"。子贡说，我家的院墙就及肩高，刚到肩膀头，那就很低了。子贡这是比喻自己的境界、学问很低。而孔子的院墙有数仞高。这个"仞"字是古代长度计量单位，"八尺曰仞"，也有说"七尺曰仞"的。东周时期一尺约当今天的 23 厘米左右，七尺八尺大概就相当于一人高，数仞就是数人高。子贡的意思就是说孔子的学问、境界极高！低有低的好处，正如院墙低矮，你能"窥见室家之好"，不用进门，在院子外边就能看到院子里的一切，有点好东西也一览无余，遮蔽不了。子贡说，很多人都觉得我厉害，那是因为我境界低。我们老师孔子的境界太高了，就像你在好几人高的高墙之外，如果不从大门进去，你怎么会知道这深宅大院里有多么富丽堂皇？你就"不见宫室之美，百官之富"了。正是因为大多数人根本没找到进入孔子思想宅院的门——"得其门者或寡矣"，找到门的人太少了。意思就是真正理解孔子的人太少了。后人崇圣，觉得"数仞"不足以形容孔子思想及境界之高大，就改为"万仞"。这就是"万仞宫墙"的出处。

万仞宫墙是孔庙的标配。全国很多文庙前边，都会树一堵墙，同时要题写上这四个字（有的改为"宫墙万仞"），以此来表达对孔子思想的景仰，意味着穿过万仞宫墙，我们才能"得其门而入"，去找到真正走进万世师表、至圣先师思想世界的大门。

10. 另版"赵氏孤儿"？

中国人几乎都熟知"赵氏孤儿"的故事。在曲阜也流传着一个颇为类似的故事，即"孔末乱孔"的故事，其情节非常类似于春秋时期的"赵氏孤儿"传奇。

孔庙的东路，有一座家庙。殿内供奉着孔氏前三代祖先及中兴祖，是孔氏后裔举行家祭的场所。孔氏始祖孔子夫妇牌位居中，左侧为二世祖伯鱼夫妇牌位，右侧为三世祖子思夫妇牌位。在伯鱼牌位之左，是孔子第四十三代孙，孔氏中兴祖孔仁玉夫妇牌位——"四十三代中兴祖温如公神位"，温如是孔仁玉的字。为何要在前三代祖先之外，另特别供奉第四十三代的孔仁玉呢？为何又称其为"中兴祖"呢？这里面有一段传奇的故事。

孔子的第四十二代孙叫孔光嗣，生活在五代时期。孔光嗣的墓现在孔林孔子墓园之外的北侧，有明代永乐年间所立墓碑。五代处于唐宋之间，是中国历史上最黑暗的时期。唐代封孔子嫡系后裔为文宣公。唐末至五代十国时期，孔子家族后裔的人数已为数不少，但因外任做官和躲避战乱，他们多流散在外，定居于曲阜的较少。孔子嫡裔一支还是留在曲阜。因为唐末五代的混乱局面，到孔光嗣这一代失爵了，只做到泗水县令。他家有个孔林洒扫户，原并不姓孔，后赐姓孔，改称孔末。这个人很有心计，趁着世道混乱，便把孔光嗣等生活在曲阜的阙里孔氏一一杀害，夺其家产，取代其位，主孔子祀，俨然以孔子嫡裔自居。他血洗孔府后，发现孔光嗣的儿子不见了。经过一番打探，知道孔光嗣的儿子恰好不在府中，而在姥姥家住着。为了斩草除根，就要追杀这个孩子。孔光嗣的儿子叫孔仁玉，尚在襁褓之中。孔末率人追杀，当时孔仁玉的姥爷姥姥深明大义，为了保护孔子圣脉，使了一个调包计，把和仁玉同龄的孙子交出来，不幸被孔末杀害了，但是孔仁玉因此得救。此后孔仁玉隐姓埋名，到后唐明宗长兴元年（930）时，孔仁玉已经长大成人，鲁人将孔末假冒孔子嫡裔，窃取官爵之事告之于官府。后唐明宗李嗣源得知此事后，派人前往曲阜详加调查，确认属实，于是下令处死孔末，命孔仁玉任曲阜县主簿，主孔子祀。长兴三年，又迁龚邱县县令，袭封文宣公。后晋高祖天福五年（940），改任曲阜县令。广顺二年（952）六月，后周太祖郭威征讨兖州节度使慕容彦超，过曲阜，拜孔庙及孔子墓，又赐孔仁玉五品官服，又授其曲阜县令兼监察御史。孔仁玉已经活到了北宋初期，他有四个儿子，孔氏家族开始开枝散叶，向下繁衍。孔子家族经历大难后，因为孔仁玉的缘故，孔氏家族在宋代以后，得以繁衍不息，人丁日渐兴旺，所以被视为孔氏的中兴祖。这一故事在孔氏家族中一直延续流传。孔仁玉生子四人，其后称"内院"，后来的二十户六十派皆为孔仁玉之后。此即阙里孔氏"五位""二十户""六十派"之由来。而孔末之后，亦仿内孔而立"五院"，后世称之为"外孔"。《孔子世家谱》特载《伪孔辩》，格外强调内孔与外孔之别。

据孔德懋先生的《孔府内宅轶事》记载，孔仁玉外祖母张温夫人季氏，因大义护圣裔，经孔仁玉上奏，朝廷封张家为孔府世代恩亲，赏季氏官称"张姥姥"，赐楷木龙头拐杖一柄，金棒槌一个。她可以自由出入孔府，逢年节大典均至府内居上座。凡是孔府上下人等，包括衍圣公及夫人，只要做错了事，张姥姥就有权管教。张姥姥这个称号与衍圣公的爵位一样是世袭的，由张家长子媳承袭。长子为世代恩亲。张姥姥死后，文宣公孔仁玉专门在城外张阳里封了一片树林作为坟地，叫作"张家林"。另外在孔林里面，历代衍圣公到孔林祭祀中兴祖孔仁玉时，均要有张家嫡孙二人前往陪祭，有时还委托张家代衍圣公本人去林内扫墓。

历史上是否真有其事？前些年，文物部门发现了孔仁玉的墓志。墓志就是人死后，刻在石头上的小传，其中并没提到孔末乱孔这件事。时代久远，真相早已湮灭在历史长河之中。孔末乱孔、仁玉中兴的故事，起于元代，由五十四代衍圣公孔思晦始见流传。有学者推测，之所以孔氏家族编制出这一传奇故事，背后另有原因，是和确立大宗地位、维护正统有关。传奇的故事，并不会随着墓志的发现而丧失其流传的魅力，只会随墓志的发现而贯古穿今，源远流长。

11. 孔府二门的"白话碑"

曲阜孔庙有很多名碑刻石，这些石碑，一般是用文言文写成的，只有这样，才更与其传之后世的立碑目的匹配。但在孔府之中竟然有一块明代极为俚俗的白话文石碑，记的是明太祖朱元璋与孔府衍圣公孔克坚的对话。碑里碑外，就像一出戏。

在曲阜衍圣公府二门里东边最内侧，有一通《朱元璋与孔克坚、孔希学对话碑》，碑立于洪武六年。这通碑分上下两部分，上半部分是第五十五代孙、元代袭封衍圣公孔克坚和洪武皇帝的对话，下半部分是第五十六代孙、袭封衍圣公孔希学与朱元璋的对话。这通对话碑俗称"白话碑"。

朱元璋建立明王朝之后，马上就意识到孔子儒学对治国理政的重要性，他也要效仿前朝，对孔子后裔尤其是嫡系后裔予以优渥，予以褒封。于是，他在洪武元年，就委托北伐至济宁的徐达转请前任衍圣公孔克坚前往应天府去见他。

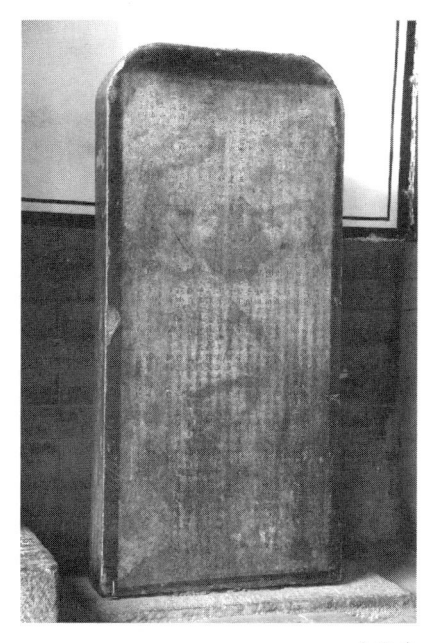

白话碑

孔克坚在元代袭封衍圣公，后来"以乱世不乐居位，竟谢病归阙里，营别墅城南"，他的别墅叫"终吉村"，种植花草松柏及枣、梨、桃、杏等果树自娱自乐。

此时恰逢元明易代之际，虽然元代江山已经危如累卵，但是朱元璋毕竟尚未完成统一，加之对朱元璋的出身也许还有看法，孔克坚未敢贸然前往，于是以生病为托词，派自己的儿子、衍圣公孔希学前往拜见朱元璋。当时，孔克坚早就借口生病，辞职回家，他的儿子孔希学也早已接任袭封了衍圣公。但朱元璋听说孔克坚没来，而是派他儿子小衍圣公来了，很是不悦。他又下诏给徐达，说："闻有风疾在身，未知实否？然彼孔氏非常人也。彼祖宗垂教于世，历数十代，每每宾职王家，非胡君运气，独为今日之异也。而若无疾称疾以慢吾国，不可也。

谕至思之。"这封诏书，通过徐达转给了孔克坚。孔克坚见此，不敢怠慢，急匆匆赶往南京拜谒。

在明洪武元年十一月十四日的早晨，孔克坚走进谨身殿内。朱元璋见衍圣公进殿，嘘寒问暖，唠家常，缓解紧张气氛，说的都是大白话："老秀才，近前来，你多少年纪也？"孔克坚连忙回禀："臣五十三岁。"

朱元璋接着说："我看你是有福快活的人。你常常写书与你的孩儿，我看资质也温厚，是成家的人。"在朱元璋看来，有官不当，有爵位不干了，你不有福快活的人嘛。你要经常教导你的儿子，那个小衍圣公孔希学。朱元璋此前已经见过孔希学了，觉得他为人靠谱。

朱元璋接着说："你祖宗留下三纲五常，垂宪万世的好法度，你家里不读书，是不守你祖宗法度，如何中？你老也常写书教训着，休怠惰了。于我朝代里，你家里再出一个好人呵不好？"

朱元璋的意识里，"三纲五常"是垂宪万世的法度，其实孔子那时候还没有三纲五常的观念。五常，仁义礼智信的观念，孔子倒是有，但尚未归结为五常。当然，说孔子有五常的观念也不算错。但是，孔子确实没有三纲的观念。父为子纲，夫为妻纲，君为臣纲，这不是孔子的思想。孔子讲伦理，一定是双向的伦理要求，父慈子孝，兄友弟恭，君惠臣忠，夫义妇听，朋友有信，是对伦理角色的双方都有要求，不是单向地要求为人子、为人妻、为人臣的绝对服从。但是，从汉代开始，就形成三纲五常的观念。

朱元璋对孔府给予了很高的期许。他希望孔克坚经常叮嘱、督促着点小衍圣公，不能懈怠。希望你们老孔家在我大明朝，再出一个像孔子那样的人，那我大明朝多光荣。

过了几天，孔克坚再次拜见朱元璋："曲阜进表的回去。臣将主上十四日戒谕的圣旨，备细写将去了。"给皇上说了，我要回曲阜了，我把你在那一天交代的事，一字不落记下来了。朱元璋格外高兴，又特意嘱咐一遍："道与他，少吃酒，多读书者。"说告诉小衍圣公孔希学不要贪杯，要多读书。

洪武三年孔克坚去世，孔希学守丧三年。洪武六年，守丧期满，孔希学进京谢恩。朱元璋召见了孔希学。孔希学归来后，便将其父子二人与洪武皇帝的对话内容，原封不动地刻碑，以示郑重。

朱元璋文化水平不高，"白话碑"非常真实地记录了当时的情形，可以见证当年朱元璋优渥孔子后裔的态度。

12. 孔府的冷板凳

小时候，老师、家长都会告诫我们，要有耐心甘坐冷板凳，自己把板凳坐热。在今天的孔府内有两条红色凳子，也被称为冷板凳。今天孔府大堂和二堂之间，是一道连廊，称为穿廊或穿堂，在这个连廊内，没有摆过多的家具，或者其他装饰物，仅在两边放置了两把红色板凳，类似现在医院或学校那种休息时的长凳。当初，穿廊下的长凳，是专供进孔府拜见衍圣公的官员用的。但是，由于一个人，这个长凳有了不一样的内涵，而且成了全国廉政教育基地。这究竟是怎么回事？

明代有位权臣严嵩，他与孔府是姻亲，他的孙女嫁到孔府，做了第六十四代衍圣公孔尚贤的夫人。

后来严嵩权力越来越大，权势熏天，通过各种手段排挤和迫害了很多大臣。后来严嵩年老，提拔其子严世蕃协助掌权，严世蕃成为工部侍郎。严世蕃收买嘉靖皇帝身边的宦官，把他的日常生活、起居饮食、一举一动都严密监视。大臣干脆叫他们为"大丞相""小丞相"。后来，他们与嘉靖出现裂痕。皇帝要治罪时，严嵩想请衍圣公到皇帝面前替他求情。严嵩心想，孔尚贤怎么说也是自己的孙女婿，即使看在孙女的面子上，也一定会答应自己在嘉靖帝面前美言几句，说不定自己能逃过一劫。于是，他急匆匆来到曲阜。

可是，到了孔府，到了二堂，启事厅的官员不愿替他传话，而衍圣公孔尚贤也早就想到严嵩会来请自己为他求情，也不愿卷到这件事中。严嵩没办法，只好坐在穿廊的长凳上等，足足等了两个时辰，也没有见到衍圣公。这时，他心里已经十分清楚了，孔尚贤已下定决心，弃他于不顾，心灰意冷的严嵩，便失落地回去了。后人把这两条凳子叫作"阁老凳"，因为受到冷遇，故而也叫"冷板凳"。有人说，这不是说衍圣公不通人情吗？再怎么说，严阁老那也是太岳啊！但是，反过来说，衍圣公还是有正邪之分、是非善恶之别的。

这个冷板凳要不要坐？据说，元史专家韩儒林曾送著名历史学家范文澜一副对联："板凳要坐十年冷，文章不写半句空。"我们当然要学习和继承这种精神。这样的冷板凳是要坐的。但是，从为官做事的角度来说，必须行得正、做得端，不要沦落到坐冷板凳的地步。

13. 乾隆与孔府"结亲"?

在历代祭祀孔子的皇帝中，就数乾隆来得最多。据史料记载，从乾隆十三年 (1748) 到乾隆五十五年 (1790)，乾隆共八次巡幸曲阜，祭拜孔子。而祭拜完孔子，都会驾临孔府。人们说，乾隆如此频繁出入孔府，其中重要原因就是看望女儿。这是怎么回事呢?

在孔府东路中部靠前有一处院落,北面为五间悬山式建筑，名曰慕恩堂，每逢年节和于氏生辰忌日，衍圣公均会前往"慕恩堂"叩头祭拜。慕恩堂是孔庆镕所建，就是要追慕并时刻感恩孔宪培夫妇，尤其是于氏夫人。孔子第七十二代孙、袭封衍圣公孔宪培，字养元，号笃斋，生于清乾隆二十一年（1756），乾隆五十八年病卒，享年三十八岁。孔宪培本名宪允，早年曾患有足疾，乾隆三十六年，清高宗在曲阜时，认为宪允此名"不妥"，于是赐名宪培，又特将随驾出巡的御医留下为其治疗，直至痊愈。乾隆三十七年，孔宪培入京迎娶时，乾隆召见并赏赐其大批礼物。

孔宪培的夫人为于氏。传说，于氏为乾隆的女儿，这位公主脸上有个黑痣，据相术说这个黑痣主灾，破灾的唯一办法是将公主嫁给比王公大臣更显贵的人家，这就只能远嫁孔府了。因为只有衍圣公可以在皇宫的御道上和皇帝并行；皇帝到曲阜时，也要向衍圣公的祖先——孔子，行三跪九叩大礼，这都是别的王公贵族所没有的荣耀。但是满汉不能通婚，于是想到了变通之招，由这位公主认大学士于敏中为义父，改姓于，下嫁孔府。结婚前，从京城到曲阜，百官运送嫁妆每日不停，整整运了三个月。这个说法，在孔德懋先生的《孔府内宅轶事》中有绘声绘色的描写。

这就是"公主下嫁孔府"的故事。但是根据清代宫廷档案及孔府档案的记载，学者已经做了正本清源的工作。于氏为乾隆公主的故事子虚乌有，只是一个无稽之谈，是后世好事者的以讹传讹而已。

真实的情况是，于氏夫人确实是文华殿大学士兼户部尚书于敏中第三女。乾隆二十年生，道光三年卒，生年六十九岁。于敏中，乾隆二年状元，乾隆三十三年加太子太保，乾隆三十六年，擢协办大学士，乾隆三十八年八月，晋文华殿大学士。史书说"儒臣际遇，百余年来无公比肩"，是乾隆一朝得宠时间最长的汉大学士。由于于敏中深受乾隆皇帝宠信，其女儿也得到乾隆的格外疼爱。在嫁到孔府后，孔宪培去世早，孔宪培和于氏婚后未育子女，遂以宪培弟宪增长子庆镕为嗣。孔宪培去世后的第二年，孔庆镕袭爵。由于年方八岁，大权便被于氏掌控。这样她便与孔宪培之母程氏发生矛盾，以致闹到山东省巡抚处，最后惊动了嘉庆皇帝。

后来随着程氏太夫人和孔宪增的去世，于氏在孔府地位不可动摇。她对孔庆镕这位过继的儿子悉心培养。孔勇先生在考证了这一重要事件后，指出孔庆镕之所以建慕恩堂，一方面是因为孔庆镕在幼龄承爵，诸事多倚赖嗣母于夫人照料办理，自当感念其养育之恩。但更重要的原因，是孔庆镕乃是历代衍圣公之中唯一以嗣子身份而获承祧大宗的一位，他后来所有的尊荣、显贵，可以说均由此开启。因此，所谓"慕恩"者，一是慕养育之恩，二则是慕承祧之恩。

14. 纪晓岚为孔府写对联

衍圣公府作为孔氏后人的府邸，历代帝王的圣旨、朝廷的褒奖，众多文人的墨宝、碑文石刻林立，可谓是名副其实的天下第一家，吸引着世界无数游客争相前来。然而无数游客来到孔府大门口时，除了被这宏伟的建筑所震撼，也有很多人发现了其中的一些"问题"。孔府大门的两旁，是清朝最负盛名的大才子纪晓岚所题的一副对联，为何写对联还要写错两个字？

孔府大门

这副对联，以行楷写就，字体端正秀美，雍容华贵，而且对联的内容特别好。据说，纪晓岚的这副对联，是专为孔府定制的，也只有衍圣公府才能配得上。上联是"与国咸休安富尊荣公府第"，这一联是说孔府的政治地位。"公府第"就明白点出这是公爵的府第，地位尊崇。"与国咸休"是说孔氏家族和国家命运休戚与共。"安富尊荣"是中国人对生活的一种最高追求，安宁、富有、尊贵、荣耀，只有在这个府第才能如此齐备。

下联是"同天并老文章道德圣人家"，这一联是说孔府的文化地位。"圣人家"指出这是孔子的后代居住的地方。特点就是"同天并老"，和天地一样永久。靠什么同天并老？答案就是"文章道德"。

大家知道，政治地位、权势是有期限的，即使贵为宰相，也是皇帝生杀予夺。即使是皇帝，一个王朝四百年、三百年、二百年，也会有改朝换代的时候。但是，"衍圣公"作为孔子后裔，他不随着改朝换代而失去他的地位，所以孔府被誉为"天下第一家"。

如果仔细观察会发现，纪晓岚在写对联的时候，还耍了一个小把戏。上联的"富"字，宝盖是秃宝盖，这寓意"富贵无头"；下联的"章"字，下面的"十"直插到"日"字里，这寓意"文章通天"。由此可见，这两个所谓的"错"字实际上并没有错，而是纪晓岚的聪明才智和过人之处，是他有意而为之。

15. 内宅有幅《戒贪图》

"君子喻于义，小人喻于利"是孔圣人的"义利"观，要求人要追求道义，重义轻利，见利思义。但在当今诱惑无处不在的情况下，很多人因贪恋金钱、权力、美色，沦为"糖衣炮弹"的牺牲品，教训极为深刻。孔府内宅有一副特殊的壁画——戒贪图，体现了衍圣公对子孙的良苦用心。这幅壁画不仅是一道风景，更是一种警示。

孔府内宅门为三间，明间设门，左右为耳房。北面的檐柱间设屏门。转过屏门，在院内看，这座屏门则如一道影壁墙，我们会被上面的一幅画所吸引。画的内容与一般的山水、花鸟不同，上面画了一个动物。这个动物，大家认识吗？在西侧立着一块牌子，上面写着全国廉政教育基地。这幅画，为何和廉政教育扯上关系呢？

内宅影壁

很长一段时间以来，这幅画被确认为是《戒贪图》。第七十六代衍圣公孔令贻的二女儿孔德懋先生在《孔府内宅轶事——孔子后裔的回忆》一书中，首次明确了这一说法："抱柱对面院里大影壁上，画着一幅很大的'贪吃太阳'的彩色图画（'贪'是一种象征贪得无厌的动物，样子很像麒麟）。脚踩遍地金银，还张开大嘴向着太阳。给我们留下这幅画的祖先，是想以此丑恶形象告诫子孙时时警惕吧。过去，每当我父亲外出，从前堂楼出来，路过影壁时，跟班当差都要高喊：'公爷过贪了。'从字面讲是出于礼仪，向外通报，提醒公爷到外面不可贪得纵欲，要保持俭朴家风。"

其实，据专家考证，这幅图应该是"麒麟呈祥"或"八宝麒麟"。首先，"贪"这个字，在古代字典词典中就没有。《现代汉语词典》1996 年版曾经收入这个字，但是后来又取消了。另外，在中国古代的神话故事中，从来没有"贪吃太阳"的记载。其次，通过梳理文献，大概在清末的笔记当中才出现了"贪"的影子，但出于一知半解，误将"麒麟呈祥"当作"天狗吞日"，后来逐渐有了这样的演变。第三，内宅不应采用这样的戒贪图，与中国人对家庭环境营造的价值取向不合。中国人一向在家庭装饰中采取吉祥如意的寓意。而根据《孔府老照片》保存的两张孔令贻在内宅影壁前的照片可知，当时衍圣公和家眷的合影就是以内宅影壁为背景的。这幅图根本不是戒贪图，而是一种象征吉祥美好的图画，理应就是"麒麟呈祥"。孔德懋先生的回忆，有一些是值得商榷的。

孔府麒麟纹饰被错误地解释为"贪吃太阳"，被人为地借用于现实社会的廉政教育，主观愿望不可谓不美，但终究是一种误解。不过，戒贪图的说法已经流传很广了，也已为人所接受了。

16. 子贡庐墓见真情

在今天曲阜孔林的孔子墓西有三间房屋，前树一通石碑，上刻"子贡庐墓处"五个大字。为何孔子墓的旁边会有这么一个特殊的建筑呢？这其实正是子贡与孔子关系亲密的一个旁证。

子贡在孔门的地位，非同寻常，这可以从《论语》中约略看出。谁也不会否认，颜子是孔子最为得意的弟子，子路也是孔子所喜欢的学生。其实，子贡与颜子、子路堪有一比。在《论语》中，据统计，子路出现次数最多，有42章提及，其次是子贡，有38章提及，而与颜子相关的却只有21章。而且，在《孔子家语》《史记》等文献中，我们发现多处颜子、子贡、子路同时出现的记载，在与孔子的对话中，其被肯定程度由弱到强的次序是子路、子贡、颜子。这在一定程度上可以证明，子贡思想与孔子思想之距离介于颜子与子路之间。正如钱穆先生曾说："观孔子与回孰愈之问，见二人在孔门之相伯仲。"颜子、子路与子贡可以称为"孔门三杰"。我们认为，不论子贡的贡献，还是他在孔子心目中的地位，他完全可以与颜子、子路并称为"三杰"。

子贡作为孔子最亲近的学生之一，亲历了老师的病重和去世，亲自主持了老师的葬礼。孔子去世后，鲁哀公命人把孔子的三间住宅，用作纪念的家庙。他还亲自前去吊唁。哀公很是悲痛，诔词也非常真切。但是，子贡却不以为然。他私下批评说：孔子活着的时候，不任用他，死后又虚情假意地作诔文哀悼，这不合礼仪啊！作为诸侯的身份而自称"一人"，这不合名分。礼仪和名分这两样都丢掉了，哀公肯定不会有好下场。这种话，已经算得上愤怒的诅咒了。

子贡庐墓处

　　其他弟子依照"三年之丧"的原则，为老师在墓地守丧三年。三年期满，大家都纷纷辞别而去。唯有子贡比其他人多守丧三年，守墓达六年之久，以尽其特殊之"孝"道。这种师生情谊是前无古人的，足见子贡和孔子关系之深。后来，在子贡守墓的地点建屋三间，以示纪念和表彰。

17. 子贡手植楷的故事

进入孔林，在享殿北侧的墓园东墙有一门。门的北侧有高台，台上有亭，亭呈方形，四根红柱，不设凭栏，名为"楷亭"。亭内立着一块石碑，石碑上刻着一幅图画，虬龙似的树木枝干，上面题字"楷图"，为清康熙五十一年（1712）刻。当时楷树已经枯死，故立碑绘图纪念。光绪八年（1882）又遭雷击，仅存一段树桩。后世为了保护，将树桩用砖亭保护起来。这座砖亭前立有一通碑，上书"子贡手植楷"五个红色大字。

子贡手植楷碑亭

正如孔庙大成门内的"先师手植桧"一样，这"子贡手植楷"，是孔子的弟子子贡亲手栽植的楷树。楷树，在曲阜不读"凯"音，而是读"皆"音，也许是受方言的影响。大家都知道，书法上有一种"楷体""楷书"。但是"楷树"是什么，大家未必清楚。历史上有这样一种说法："孔子冢上生楷，周公冢上生模，故后世人以为楷模。"孔子墓前的是楷树，周公墓前的是模树，楷模的连用与周公孔子密切相关。但是这种说法是靠不住的。其实，楷的本义是法式，模的本义是制作器物的陶范。楷模是从法式模范的本义引申出来的，与树无关，显然上述说法是一种附会之说。

其实，所谓楷树就是南方很常见的黄连木。传说，孔子去世后，弟子们带来各自家乡树种栽植在孔子墓周围。子贡经商，从南方带回了黄连木，栽植在孔子墓周围。由于子贡的特殊身份，加上楷树在北方比较罕见，故而"子贡手植楷"显得格外受人重视。乾隆皇帝便曾赋《子贡手植楷》一首："驻跸亭前有嘉植，亭亭特立学高贤。一株为想千云雾，数劫那随变海田。远胜移根从异国，曾依筑室更三年。桧师楷弟何相似，又见孙枝长蘖边。"如今，子贡手植楷的后代在孔林繁衍，至今还有许多宋代的楷树，巍然挺立，高耸入云。

子贡手植楷意味着什么？子贡是孔子最得意的弟子之一。我们瞻仰这一段近乎化石一样的楷树树桩时，一定心潮澎湃，久久不能平息。遥想当年，孔子和他的弟子们那是一种什么样的深情厚谊！孔子去世，对于弟子们而言，又是一种什么样的打击？泰山崩塌，梁木摧折！弟子们将一株株来自家乡的树木环植在孔子墓周围，实际上是表达了学生对老师追思不已的情感，是希望这些树木能够代替自己守护着长眠于此的老师，拱卫着夫子墓。

据传，当年子贡在守墓期间，曾经亲自用楷木雕刻了孔子夫妇的像。这一对雕像，在孔子的第四十八代孙、衍圣公孔端友扈驾南行时被带到了浙江衢州，20世纪80年代才重回孔府保存。当然，即便不是子贡亲手所刻，据专家鉴定，也是汉代之前的旧物。由此，催生了曲阜的一项重要工艺——楷雕。大家要知道，曲阜有三宝：孔庙碑帖、楷雕如意和尼山砚。由此可知，楷雕的工艺出现得很早。

18. 孔尚任智扩孔林

曲阜尼山是孔子的出生地，阙里是孔子故宅所在，孔林是他的长眠之所，孔庙则是后世祭祀的神圣之地，孔府是孔子后世子孙们的住所。孔林是孔子长眠的地方，孔林之中，松柏林立。从孔子去世，再到后来子思去世，孔氏家族的长眠之所就在这个地方固定下来。随着孔子地位的提升，孔子的后代陆续都在此安葬，成为一个日益庞大的墓区，叫孔林，面积将近4000亩，是世界上最大的私人家族墓地。

清代孔林继续增加面积，基本达到今天的规模。而这增扩林地，应归功于孔子后裔旁系六十四代孙、著名剧作家孔尚任。增扩前一年冬日，康熙二十三年

孔尚任墓

（1684），皇帝幸鲁。十一月十八日，康熙在曲阜谒孔庙行祭礼，游览孔林，孔尚任为康熙讲经导游，受到皇帝的称赏。观览孔庙后，又由孔尚任导驾前去孔林，康熙在孔子墓前行一跪三叩礼，并酹酒祭奠。在观览孔林墓碑石时，皇帝顺口说了一句："圣林之中，坟丘满布，已经没有多少空地，是不是应该增扩一下林地呢？"孔尚任脑子非常聪明灵活，反应很快，当即扯了一下衍圣公孔毓圻，一同跪下，谢皇帝赐地之恩。康熙皇帝一看，也很无奈，只得答应批准扩林。此次孔林增扩了 1100 多亩，并建围墙 7000 多米，大体形成今天的规模。

（二）两孟的典故

1. 孟母断机教子

在孟庙的东路孟母殿旁，路中间立着一通高大的石碑，上刻"母教一人"四个大字，所赞颂的就是母教的典范孟母。亚圣孟子的母亲，姓仉，知书达礼，世称"孟母"。启蒙课本《三字经》中就有"昔孟母，择邻处，子不学，断机杼"的故事。

在孟子很小的时候，父亲就故去了，孟母守节没有改嫁。一开始，他们住在墓地附近。孟子就和邻居的小孩一起学着大人跪拜、哭嚎的样子，玩办丧事的游戏。孟母看到了，不禁皱起眉头："这可不行啊！我不能让我的孩子住在这里了！"孟母就把家搬到市集附近。到了市集，孟子又和邻居的小孩模仿商人做生意。孟母发现了，又皱皱眉头："这个地方也不适合我的孩子居住！"于是，他们又搬家了。这一次，他们搬到了学校附近。结果，孟子受到学宫的影响，学会了鞠躬行礼等各种礼节。孟母满意地点着头说："这才是我儿子应该住的地方呀！"孟母发现不同环境对儿童成长的影响，毅然决然地择邻而居，为儿子的成长创造了良好的环境。可是，这并没有让孟母"万事大吉"，小孟子在上学后不久，调皮的秉性又暴露出来，开始逃学。

有一天，孟子又早早地跑回了家，孟母正在织布，见儿子回来，知道他又逃学了，便问道："你最近学习怎么样啊？"没承想孟子表现出一副无所谓的样子，淡淡地说："还是老样子。"孟母听儿子这样回答，气不打一处来，拿起剪刀咔嚓咔嚓几下子，把正在织的布剪断了。孟子害怕极了，就问母亲这是为何。孟母说："你荒废学业，如同我剪断丝线一样。读书是需要长期坚持的，不然就不会成功。"孟子闻听母亲这一番教诲，幡然醒悟。自此，孟子从早到晚勤奋学习，终于成了一代大儒。

2. 孔道辅创建孟庙

孟庙又称"亚圣庙"，是历代祭祀孟子的场所。北宋时期，孟子的地位逐渐上升。随着名气的上升，关心孟子的后裔也多了，其中第一个关心的便是孔道辅。

孟庙的创建与孔子后裔孔道辅是分不开的。孔道辅是孔子的第四十五代孙，他的祖父就是孔氏中兴祖孔仁玉。孔道辅自幼端庄大方，考中进士后，做了宁州军事推官，多次和宁州的将军讨论事情。北宋景祐四年（1037），孔道辅知兖州。出于对孟子的敬仰，他派出官吏四处察访孟子墓。经过多方调查，终于在上任的第二年，在邹县东北三十里处四基山的阳面找到了孟子的墓。于是，他在墓旁创建了孟子庙，以公孙丑、万章之徒配享。他又特别敦请著名大儒泰山孙复，撰写了一篇《新建孟子庙记》的文章，刻石置放在庙内。尽管后来孟庙多次迁建，但创建之功，非孔道辅莫属。因此，明代就将孔道辅作为孟庙两庑的从祀先儒了。

关于当时规模，据载："共有屋七间，内三间倒塌，四间破漏。其塑像服色，亦只是乡民随意装造，无所稽据。"后因距城较远，

孟庙亚圣殿

人们不便礼竭。元丰七年（1084）左右，孟庙由四基山麓迁建于县城东郭。当时有屋十四间，比四基山庙制扩大了一倍。后因"庙频水亟坏，不四十年凡五更修矣"。宣和三年（1121），县士徐绒请于县令朱

击，用个人的钱财在邹城南门外重修孟庙。由于得到当地乡民捐资赞助，新庙一共有四十二间，重门夹庑，壮丽宏伟。经过此番改建，孟庙今非昔比。孟庙创建至今，已近千年，由宋至清维修、重建与扩建达四十余次，它见证了历代王朝对孟子思想的推崇和孟氏家族的兴衰。

由于孔道辅等有名士大夫多次向朝廷举荐孟子，引起宋神宗的关注。元丰六年（1083），宋神宗追封孟子为"邹国公"，诏书中称："自孔子殁，先王之道不明，发挥微言，以诏三圣，功归孟氏，万世所宗。"作为孔子后裔的孔道辅，对于孟子的升格可以说厥功至伟。

3. 孟府的"礼门义路"

礼门义路儒家事，齐治须从身内修。孟子的后人一向以"礼门义路家规矩"相标榜，恪守仁礼义的祖训。在山东邹城的孟府，自元代孟子被封为"亚圣"之后，被称作"亚圣府"。孟府的第一道大门是"亚圣门"，第二道门称作礼门，门洞为三启。在中间的这座门楣上方，高悬着"礼门义路"的横匾。那么，"礼门义路"是什么意思呢？

这个匾额集中体现了孔子和孟子凡事以礼为先的思想观念。在《论语》中，孔子说："礼之用，和为贵。"这是强调为人处世要以礼为先，以和为贵，但也不能不讲原则。孟子进一步阐释了孔子的思想，他说："民为贵，君为轻，社稷次之。"就是说平民百姓比真龙天子更为珍贵，因此君子为政处事，要重视礼义。他还在《孟子·万章下》里指出："夫义，路也；礼，门也。唯君子能由是路，出入是门也。"也就是说，义是一条大路，是在道义上应该做好的事；而礼是一座门，是一种行为规范。君子只要沿着"义"这条大路行走，从"礼"这座大门出入，那么君子就把握了为政的利器，便一生无忧了。只有遵循礼义来做事，才能够有出路。

"礼义"是中国古代自西周以来逐渐形成的由观念而制度而天伦而国策的一套模式，几千年来它为中华民族伦理精神定了型。古代传统儒家思想把"礼义"比喻为"门和路"，认为人们必须依据仁德，遵循义理来做事。这样，才能称得上是"君子"。"入门"须依"礼"，"上路"须依"义"，由此可见，礼义在儒家礼制中是多么重要！

参考文献

[1] 郭克煜著：《鲁国史》，人民出版社 1994 年版。

[2] 杨朝明著：《鲁文化史》，齐鲁书社 2002 年版。

[3] 匡亚明著：《孔子评传》，南京大学出版社 1990 年版。

[4] 钱穆著：《孔子传》，三联书店 2005 年版。

[5] 杨泽波著：《孟子评传》，南京大学出版社 1998 年版。

[6] 高专诚著：《孔子·孔子弟子》，山西人民出版社 1991 年版。

[7] 李启谦著：《孔门弟子研究》，齐鲁书社 1987 年版。

[8] 杨泽波著：《孟子评传》，南京大学出版社 1998 年版。

[9] 宋立林著：《孔门后学与儒学的早期诠释研究》，人民出版社 2021 年版。

[10] 宋立林著：《孔庙十二哲》，团结出版社 2021 年版。

后　记

　　《丛书》的编纂，是在山东省委宣传部直接领导下完成的。省委常委、宣传部部长白玉刚同志统筹策划部署，并担任编委会主任，多次主持召开编委会会议，提出明确目标要求和指导意见。省委宣传部分管日常工作的副部长、省文明办主任、省新闻办主任袭艳春同志对本书的立项出版、风格设计等方面提出了许多宝贵意见。在魏长民、毕司东、程守田、张同海、冷兴邦等同志的大力指导支持下，以教育部人文社科重点研究基地山东师范大学齐鲁文化研究院为学术挂靠单位，组建了《丛书》编纂学术委员会，具体负责编纂工作。山东师范大学特聘资深教授王志民任主任，山东大学儒学高等研究院教授杨朝明、中共山东省委党史研究院原一级巡视员韩延明、鲁东大学原副校长刘焕阳任副主任，全省相关高校、科研单位的 15 名学者为委员。

　　编纂过程中，《丛书》被列为山东省社科规划 3 个重大委托项目和 16 个一般项目。杨朝明为传统文化重大项目组首席专家，韩延明为红色文化重大项目组首席专家，刘焕阳为河海文化重大项目组首席专家。编委会经反复研讨，制定了《编撰体例》《编撰指导意见》；在省委宣传部支持下，采取主任统一领导与首席专家具体负责相结合的方式，认真落实各卷主编为质量第一责任人、首席专家和学术委员为主要质量把关人的运作机制；多次召开线上与线下、全体与分组相结合的研讨会，对提纲设计、样稿研讨、通稿审稿等关键环节，深入研讨、反复审议，编委会与全体编纂人员团结合作、齐心协力，付出了艰辛劳动。山东文艺出版社提前介入，对编纂工作和撰稿体例等提出了许多宝贵意见。在此，我们谨向为《丛书》编纂付出心血的各位领导、专家、作者和所有相关同志们表示诚挚感谢！

本册编纂，得到首席专家杨朝明教授和学术委员刘德增教授、刘续兵教授、周郢教授、耿振东教授的悉心指导，并得到济宁市委宣传部的大力支持。主编宋立林教授全面负责本册的编纂工作。具体撰稿分工如下：山东大学儒学高等研究院李文文负责第一部分；江苏常熟王淦昌高级中学赵秋月负责第二部分；曲阜市委党校颜景琦负责第三部分；山东政法学院王晶老师负责第四部分。最后由主编统稿、修改、定稿。

由于水平和条件所限，不妥之处在所难免，欢迎有关专家和广大读者批评指正。

编者
2023 年 8 月